# 中學生文學精讀・也斯

李孝聰　凌冰　編

責任編輯　　李　斌
書籍設計　　吳丹娜

書　　名　　中學生文學精讀・也斯

編　　者　　李孝聰　凌冰

出　　版　　三聯書店（香港）有限公司
　　　　　　香港北角英皇道 499 號北角工業大廈 20 樓
　　　　　　Joint Publishing (H.K.) Co., Ltd.
　　　　　　20/F., North Point Industrial Building,
　　　　　　499 King's Road, North Point, Hong Kong

香港發行　　香港聯合書刊物流有限公司
　　　　　　香港新界荃灣德士古道 220-248 號 16 樓

印　　刷　　美雅印刷製本有限公司
　　　　　　香港九龍觀塘榮業街 6 號 4 樓 A 室

版　　次　　2017 年 11 月香港第一版第一次印刷
　　　　　　2023 年 6 月香港第一版第三次印刷

規　　格　　特 16 開（150 × 210 mm）264 面

國際書號　　ISBN 978-962-04-4221-6

1998 年，德國柏林接受訪問。

1 | 3
2 |

❶ 2008 年，遊覽敦煌。
❷ 2011 年，攝於羅馬尼亞。
❸ 2011 年，攝於德國海德堡。

1 | 2
    | 3

❶ 2011 年，攝於台北。
❷ 2012 年，獲選為香港年度作家。
❸ 2012 年，蘇黎世大學頒授榮譽文學博士學位。

# 目錄

前言       i

## 上編：詩

雷聲與蟬鳴       2

中午在鰂魚涌       7

浮藻       13

雲遊       20

連葉       28

太陽升起的頌詩       32

交易廣場的夸父       37

給苦瓜的頌詩       41

樓梯街       46

萊茵河畔的兵馬俑       50

雞鳴       55

關雎       60

馬蒂斯旺斯教堂       65

## 中編：散文

書與街道       70

遠去的人       77

石也活着      85

賴床      91

美人魚和野兔 —— 談聶魯達的兩首童話詩      94

母親      101

與葛拉軾遊新界      105

吉澳的雲      116

在地下車讀詩      122

昆明的紅嘴鷗      128

電車的旅程      136

越界的月亮      143

十三歲那年      147

走過老區      152


下編：小説

養龍人師門      160

剪紙（節選）      199

煩惱娃娃的旅程      217


附錄：《文學世紀》訪也斯      233

後記      252

# 前言

　　梁秉鈞，也斯這個名字，同學可能早有印象，因為不少老師都有選教〈給苦瓜的頌詩〉一詩。不過，梁秉鈞除了是詩人外，也是散文家、小說家、學者、攝影師、影評人、跨媒介藝術家。一般來說，寫詩時他會用本名梁秉鈞，寫其他作品時則較多用筆名也斯。也斯是他中學時便開始使用的筆名，「也」和「斯」都是古文中的虛字，梁秉鈞將之「隨便拼成個沒有意義的符號作筆名，希望由我自己來給予它新的意義」[1]，五十年後，「也斯」成為了香港文學的一個重要符號。也斯自六十年代初開始寫作，按二○一四年《回看・也斯》回顧展的紀念文集中的年表，他的創作、評論、編彙、翻譯的作品共逾百種，堪稱著作等身。

　　也斯在香港成長，在香港接受教育，在香港開始寫作，五十年不綴，對香港有深厚感情，寫下大量以香港為題材的作品，無論是大街小巷、郊外山水、尋常百姓，以至土產食物，都曾出現於他筆下。鰂魚涌和樓梯街因他而與詩連上關係，地下車和電車因他而添了文藝氣息，鴛鴦與盆菜更因他有了不同的滋味。沒有香港，不會有今天的也斯；沒有也斯，今天香港文學的面貌也會不同，他一生致力於訴說香港的故事，以文字呈現對本土的情懷，是一個真真正正的香港作家。

　　也斯是一個香港作家，同時也是一個超越香港的作家。他在七十年代已開始在港台兩地介紹法國新小說、美國地下文學及拉丁美洲小說，是第一位在香港深入推介加西亞・馬蓋斯[2]、聶魯達和波豈士等南美大師的人。他的作品有英文、法文、德文、瑞典文、日文、韓文等多種譯本。台灣著名詩人夏宇曾說過也斯的作品啟發了她；李歐梵教授稱他是「最有國

際視野和多元文化敏感的人」；[3]德國的顧彬教授說他是「罕有地具有國際視野的香港作家」。[4]

要在有限篇幅內編選一本也斯選集是一件很困難的事，幸好，本書選文的工作主要由吳煦斌負責，以她對也斯的了解，有她費心，我和凌冰就可專心寫作品賞析。目前書中選詩十三首，賞析由我負責，選散文十四篇，由凌冰賞析，小說則凌冰寫〈養龍人師門〉，我寫〈剪紙〉和〈煩惱娃娃的旅程〉，合共三篇。

這本書對我們來說是一個十分珍貴的紀念，我們認識也斯四十年，一起開讀書會，談文論藝，並在也斯的鼓勵下，開始文學創作和參與《大拇指》的編務工作。正如凌冰所說的，我們的文學經驗「一切緣於也斯」。這次為也斯編寫這本選集，算是我們答謝他的一個小小心意。在編寫此書期間，也斯的母親辭世。伯母一直是《大拇指》背後的守護天使，有很長的一段時間，《大拇指》的編輯工作都在也斯家中進行，伯母不以為煩，還多所關懷照顧，本書收入了也斯四十年前所寫的〈母親〉一文，正好向她致意，也使這本書更有意義。

如前文所言，也斯的作品甚豐，限於篇幅，這本選集未能包括也斯的各類作品（如評論、影評），不能全面反映他的作品風格和成就，但如這本小書可以引起同學對也斯作品的興趣，日後更深入探討他的作品，那便於願已足了。

李孝聰

二〇一七年四月二十四日

〔1〕 見劉燕子、秦嵐、赤堀由紀子的〈也斯專訪〉，收於曾卓然主編《也斯的散文藝術》，香港，三聯書店（香港）有限公司，二〇一五年。
〔2〕 近年一般譯作加西亞・馬爾克斯・馬奎斯，這裏用的是也斯當年的譯名。
〔3〕 見李歐梵〈憶也斯〉一文，發表於二〇一三年一月九日《明報》〈世紀版〉。
〔4〕 見吳風編《也斯卷》內之〈梁秉鈞小傳〉，香港，天地圖書有限公司，二〇一四年。

上編：詩

我們發出同樣的聲音又失去彼此

在風中互相試探還不如

自然探首，意義會逐漸浮現的

# 雷聲與蟬鳴

## 【題解】

　　雷聲和蟬鳴放在一起會令你想起甚麼？《雷聲與蟬鳴》是梁秉鈞的第一本詩集，於一九七八年由大拇指出版社出版，收錄了他自一九六五年至一九七七年約十年間的作品，記錄了詩人青年時代的創作歷程和心聲。〈雷聲與蟬鳴〉是詩人一次到長洲旅行後的作品，他將這首詩選作他第一本詩集的書名，你覺得作者有甚麼用意？

## 【文本】

　　雷聲使人醒來
　　現在雷聲沉沒了
　　滂沱大雨化作簷前的點滴
　　然後又響起一陣蟬鳴
　　等待是鳥的啁啾

斷續的穿插串起整個早晨的怔忡

還有雞亦啼了

鋼琴的試探和安慰……

在這些新揚起的聲音中保持自己的聲音

蟬鳴仍是不絕的堅持

窗外一捲破蓆

和棄置的棕色水松木上

放着紅花盆

沒人走過斜坡

樹下灰白色的麻石

結出水光晶瑩

深淺的綠疊到遠方

化為紅花的末梢承受天空

黎明清新的空氣中

音樂流轉

會再牽起另一場雨?


等待着那來臨的

不曉得是否受阻於閃電與雷霆

一條泥濘的街道

把雨內和雨外分開

室內是安寧的

書籍、畫片、信札和鑰匙

能把蕪亂的世界隔在外面?

然而一旦回頭

又彷彿聽見門邊有喘息的聲音

並沒有甚麼，只是

雨的絆綹的衣裙糾動

再一次去而復來

絲絲小滴裏包含着生的蠢動

一頭牛走過，低鳴

一個女子走過，摹仿牠的鳴叫

然後雨再劇密，成為更響亮的聲音

但牛仍然站在樹下

黑色皮毛反映着濕潤的微光

固執地低頭吃草


在迷濛中

某些山形堅持完整的輪廓

生長又生長的枝椏

接受不斷的塗抹

雷聲隱約再響

蟬鳴還在那裏

在最猛烈的雷霆和閃電中歌唱

蟬鳴是粗筆濃墨間的青綠點拂

等待中肌膚一陣清涼

因為雨滴濺到身上

而發現了那溫暖

一九七三年五月，長洲

# 【賞析】

## 溫柔的抗衡

年輕的詩人喜歡到郊外旅行，一次在長洲旅行時，聽到雷聲和蟬聲交織，使他寫下了這首詩。詩以雷聲開始，然後帶入不同的聲音：雷聲、雨聲、蟬聲、鳥聲、雞啼、琴聲……。雷聲巨大響亮，給人強大的壓迫感，但生活不只一種聲音，它們縱然微弱，卻仍不斷發聲，沒被雷聲掩蓋，其中蟬鳴的持續堅持，尤其引起了詩人的注意。

> 在這些新揚起的聲音中保持自己的聲音
> 蟬鳴仍是不絕的堅持

在年輕詩人與「新揚起的聲音」間，你看到中間的連繫嗎？

由聽覺而視覺，詩人的視線轉到外面的世界，窗外有破蓆、水松木、花盆、斜坡、麻石、紅花、天空，在黎明時分，種種生活中的平凡事物在等待着新一天的來臨。將來臨的是甚麼？另一場雨？更暴烈的雷電？室內是安寧的，室外是蕪亂的，我們應留在室內，還是跑到室外？你的選擇是甚麼？

詩人沒有直接告訴你答案，他選擇繼續描寫生活的聲音，雨絲點滴、牛的低鳴、女子的仿叫，聲音細碎但踏實，雨再劇密，雷聲再響亮，但牛仍在樹下固執地吃草。這就是生活，面對強大的力量，不可知的未來，詩人告訴我們，山在迷濛中堅持自己的輪廓，枝椏在不斷生長，蟬還在鳴叫。

雷聲隱約再響

蟬鳴還在那裏

在最猛烈的雷霆和閃電中歌唱


　　詩人在詩末呼應了第一段「在這些新揚起的聲音中保持自己的聲音／蟬鳴仍是不絕的堅持」，點出了這首詩的中心，這也可說是梁秉鈞一生創作的寫照。大與小、強與弱的抗衡這個主題在梁秉鈞的詩中以不同的形式持續出現，但詩人的對抗，不是以激烈鬥爭的形式，而是擇善堅持，用詩人的說話，這是一種「溫柔的抗衡」[1]，就像蟬鳴一樣。在詩人的創作生涯，我們可以一再看見這個主題的變奏，由寫個人而到寫香港，由寫生活而到寫文化，不斷變化拓展，但不變的是，「不絕的堅持」，「保持自己的聲音」。


# 【注釋】

〔1〕　見〈蟬鳴不絕的堅持 ── 與梁秉鈞談他的詩〉一文，收於王良和著《打開詩窗 ── 香港詩人對談》，香港，匯智出版有限公司，二○○八年。

# 中午在鰂魚涌

## 【題解】

你喜歡逛街嗎？你通常會在哪裏逛？逛街時你會做甚麼？在烈日炎炎的中午，走在街上，你又會想到甚麼？

梁秉鈞一九七〇年在香港浸會學院外文系畢業，之後曾經從事多種工作，包括擔任報紙電訊翻譯、中學歷史教師、報刊編輯和美術編輯等。一九七三年，他與小說家吳煦斌結婚，次年，兒子梁以文出生。那時，他在鰂魚涌工作，這首詩便是他當時的作品。中午時候，詩人為甚麼不是在吃午飯或休息，而在街上逛呢？[1]他在想甚麼？

## 【文本】

有時工作使我疲倦
中午便到外面的路上走走
我看見生果檔上鮮紅色的櫻桃

嗅到煙草公司的煙草味

門前工人們穿着藍色上衣

一羣人圍在食檔旁

一個孩子用鹹水草綁着一隻蟹

帶牠上街

我看見人們在趕路

在殯儀館對面

花檔的人在剪花


在籃球場

有人躍起投一個球

一輛汽車響着喇叭駛過去

有時我走到碼頭看海

學習堅硬如一個鐵錨

有時那裏有船

有時那是風暴

海上只剩下白頭的浪


人們在卸貨

推一輛重車沿着軌道走

把木箱和紙盒

緩緩推到目的地

有時我在拱門停下來

以為聽見有人喚我

有時抬頭看一幢灰黃的建築物

有時那是天空

有時工作使我疲倦
有時那只是情緒
有時走過路上
細看一個磨剪刀的老人
有時只是雙腳擺動
像一把生鏽的剪刀
下雨的日子淋一段路
有時希望遇見一把傘
有時只是
繼續淋下去
煙突冒煙
嬰兒啼哭
路邊的紙屑隨雨水沖下溝渠

總有修了太久的路
荒置的地盤
有時生鏽的鐵枝間有昆蟲爬行
有時水潭裏有雲
走過雜貨店買一枝畫圖筆
顏料舖裏有一千罐不同的顏色
永遠密封或者等待打開

有時我走到山邊看石

學習像石一般堅硬

生活是連綿的敲鑿

太多阻擋，太多粉碎

而我總是一塊不稱職的石

有時我想軟化

有時奢想飛翔

一九七四年六月

## 【賞析】

### 「行街」的詩人

香港的街道是梁秉鈞詩歌裏經常出現的題材，有很多人覺得香港的街道毫無詩意，沒甚麼好寫，鰂魚涌更是一個平凡不過的地方，根本不能入詩。不過，梁秉鈞並不這樣想，他喜歡逛街，走入生活，觀察平凡的事物。他看見甚麼呢？

隨着詩人，我們走過街道，看見生果檔上的櫻桃、穿着藍色上衣的工人、孩子、被鹹水草綁着的蟹、趕路的人、花檔剪花的人、打球的人、駛過的汽車……你會說，這樣將看見的東西陳述出來就是詩嗎？這樣的話，我也懂得寫呀。

流水賬式的鋪敍當然不能成詩，但詩中描述的事物是有選擇，有組織的，詩人刻意以不帶感情和主觀成見的方式，以看似無聊瑣碎的事物，呈現出一個香港日常街道的景象，在這裏，各種人在生活、在工作、在遊

戲，很多事在發生，但又好像沒有甚麼事發生。

　　七十年代是一個壓抑的年代，年青人面對各種生活和文化上的壓力，感到格格不入，抑鬱苦悶，詩人曾以「打工牛」和 outcast（邊緣人）[2] 人來形容自己，面對這種情況，詩人有時會疲倦，有時會有情緒，他由觀察到的事物，引起聯想，投射他的各種情緒；有時他想像鐵錨般堅強起來，但有時又覺得雙腳像生鏽的剪刀，只是徒勞地在擺動；大雨灑下，有時他希望遇到一把傘，但有時則只是繼續淋下去。詩人一再以「有時……」突出了生活中的不確定性，他情緒的反覆、無奈。

　　你呢？面對工作（讀書）的壓力、生活的問題，你有甚麼感覺？你有感到鬱悶嗎？你用甚麼方法宣洩？

　　詩人選擇了文學，以詩表達自己對生活的感覺，投射自己的想法，現實雖然冷硬無情，但他在生鏽的鐵枝間看到生命的蠕動，在路邊的污水中看到天空中的雲，在雜貨店中看到等待被打開的姿彩，生活雖有打擊、阻擋、粉碎，但同時也有生命力和希望，詩人希望以鐵錨和山石為學習對象，雖然他仍有猶疑：

> 而我總是一塊不稱職的石
> 有時我想軟化
> 有時奢想飛翔

　　沒有故作激昂的壯語，沒有刻意勵志的警句，詩人真實貼切的道出了年青人的心聲。

　　詩人以細緻和敏銳的觀察，配合豐富的聯想，然後就眼前景物投射個人感受，寫出意味深長的詩篇。觀察、聯想、投射是不少作家都會用的手法，梁秉鈞卻可說是此中的高手，他能因應不同的題材，有不同寫法和側

重點，變化多端，我們在〈中午在鰂魚涌〉一詩中，可以初步看到他怎樣
運用這種技巧，在隨後介紹的詩作中，再談上述手法的變化和發展。

## 【 注 釋 】

〔1〕 在一次對談中，鄧小樺曾戲稱《雷聲與蟬鳴》中的都是「逛街
詩」。見〈歷史的個人，迂迴還是回來 —— 與梁秉鈞的一次散漫訪
談〉，收於葉輝主編《今天‧香港十年》，香港，牛津大學出版社，
二〇〇七年。
〔2〕 同上注。

# 浮藻

梁秉鈞經常到香港郊外旅行，早在七十年代，長洲、大澳、分流、嶂上、破邊洲、東平洲、烏蛟騰、梅子林、荔枝窩、鹿頸、爛頭東北、蒲台島……都曾在他的作品中出現，〈浮藻〉一詩便是他到蒲台島旅行後的作品。[1]

蒲台島位於香港的東南部，島上岩石以抗蝕能力較弱的花崗岩為主，因此經風化侵蝕後，出現不少外形獨特的怪石，本詩中出現的響螺石便是其中之一。

【文本】

一

灰螺在水流沖擊下輕曳
我們停下來

面對形如響螺的巨石的庇蔭

它固定的臉容充滿裂縫

而水在遠遠的下方了

穿過別人的沉默

我眺望下端溫亮的苔藻

如叢叢臨流飄洗的長髮

在浪花中自然擺動

如來復的感應

遙遠美好的舒伸

當陽光下的石影漸移

把誰的臉孔遮去一部分

仍有人站起來

踏石歌唱，奔下巨岩的缺口


二

沿粗糙的泥路走下來

漁屋裏有網罟和竹籮

石頭做沉子的鐵籃上

我彷彿看見死魚的鱗片

一個老婦在向我們兜售

曬乾的苔藻

它看來那麼蒼白且遠離了海洋

當你倚着魚網垂首

我聆聽波浪的呼息

三

站在海邊炙熱的岩石上

汗沿額角流下

你把長髮束起

我總想你任它散開

如沿海飄浮的苔藻

在波濤中舒展

突然焦躁的陽光

斜照魔岩難解的古刻

一千五百年前留下的訊息

我們伸出手

卻沒法撫摩它的意義

人們站在這兒

各自張望許多方向

要走到最南端嗎？

在南角咀，可以眺望海洋的無盡

而疲累的人頻頻回首了


四

說話有時停頓

我與你彼此踏上不同的石瑰

落下不同的沙礫地

天氣這樣炎熱

有人在背後吵架

那女孩嚶嚶啜泣

我們在水邊停下

看苔藻在水中開合

如髮的束散

細看近岸的礁岩

你會發覺石縫裏

藏着那麼多複雜的生命

那些小朵灰綠的菊花不是菊花

當我觸及

牠就立即把自己閉上

再張開，當我的手移開

一個浪打上岩石，突然

使我渾身濕透

你退卻，再走開

蹣跚的腳步要退往哪兒呢

岩石間有死的螺殼也有活的海膽

我們的談話又再變成沉默

海浪打上岩石

我想說你也不如把髮散開

深褐的苔藻

在海底固定的白石上搖曳

在每個波浪中有新的姿勢

一九七五年夏遊蒲苔島，十一月重寫

# 【賞析】

## 詩人導賞

一九七五年，梁秉鈞和《大拇指》創刊時的朋友同遊蒲台島，大家並在島上合照。照片中，年輕的臉孔帶着陽光與微笑。我想那應該是一次愉快的旅程吧。他們那天看到了甚麼？讓我們一起來讀讀這首詩，由詩人帶我們遊蒲台島。

第一站是著名的響螺石，形如響螺的巨石經多年風化，滿佈裂縫，一臉滄桑，穩穩地立足山上。當大家都被奇石的獨特形貌所吸引時，詩人提醒我們注意下方的海藻：

> 我眺望下端溫亮的苔藻
> 如叢叢臨流飄洗的長髮
> 在浪花中自然擺動
> 如來復的感應
> 遙遠美好的舒伸

海藻的自然飄拂，充滿活潑的生命力，使人愉悅。巨石與海藻，一剛一柔，各具丰姿。巨石屹立，為遊人擋去陽光，但年青朋友耐不住了，「踏石歌唱，奔下巨岩的缺口」。你會選擇在岩石的遮蔭下看眼前風景，還是跑向前方？

第二站是島上的沙灘。走下沙灘，會見到漁網、竹籮、沉子等漁民捕魚的工具，死魚的鱗片，彷彿仍在鐵籃上，老婦在兜售曬乾的苔藻。剛才自然舒伸的海藻被曬乾，變成待售的商品，鮮活與乾死，對比強烈。沙灘上、詩人的字裏行間，都散出陣陣衰亡的氣息。你想買些手信嗎？年青

詩人對失去生命的東西沒有興趣，在一片死寂中，他選擇「聆聽波浪的呼息」。一個旅程不會每一段路都風光明媚，這段路比較鬱悶，就讓我們繼續走吧。

再往前走便來到蒲台島著名的魔岩石刻，石刻是香港古老的歷史遺跡。在焦躁的烈日下，汗沿額角流下，詩人的同伴將本來舒展如海藻的長髮束起。面對古石刻，大家無法揣摩它的意義，不禁迷茫。你試過遇上這樣的時刻嗎？陽光炙人，圖騰費解，生命之旅中，有這麼多年青人無法解讀的東西；旅途中，經常有走下去還是走回去的抉擇，一起旅行的人不禁產生不同想法：

> 人們站在這兒
>
> 各自張望許多方向
>
> 要走到最南端嗎？
>
> 在南角咀，可以眺望海洋的無盡
>
> 而疲累的人頻頻回首了

最後一段是自由時間，詩人到水邊看岩礁苔藻，欣賞石縫間的小花，有人不知因甚麼原因而吵起來。結伴同遊也不是那麼容易，立場不同（「踏上不同的石塊」），對於如何走下去或是不是走下去會有不同的看法。吸引詩人的是，原來看似沒有生命的岩石間藏有生命，礁石間有死的螺殼也有活的海膽。你接觸牠，牠會退縮，你走開，牠張開，而突然打來的浪會弄得你渾身濕透，欣賞風景，試探生命會有使你狠狠退縮的時刻，但你會不會因此就放棄旅行？詩人的態度是：

我想說你也不如把髮散開

深褐的苔藻

在海底固定的白石上搖曳

在每個波浪中有新的姿勢

　　上一篇說過，詩人先觀察，再聯想，然後投射，這首詩想投射的是甚麼？以下用大家最熟悉的選擇題方式，列出幾個答案，請你選一個。

　　A. 對旅行的看法

　　B. 對戀愛的態度

　　C. 對生命的態度

　　D. 以上皆是

　　E. 以上皆不是

　　你的答案是甚麼？為甚麼？

　　有人認為梁秉鈞的詩難明，其實是因為他的詩常有多個層次，可以多元解讀，每個人可以有不同的理解，這也是他的詩有趣和值得細味的原因。文學作品不追求標準答案，容許多元詮釋，上面的答案是甚麼？你自己決定吧。

## 【注釋】

〔1〕　此詩初發表時題為〈浮苔〉，在一九八九年收入《梁秉鈞卷》時，改為〈浮藻〉。

# 雲遊

## 【題解】

提起「雲遊」，我們一般想到的是逍遙自在，任意遨遊。在中國古代，雲遊多是指僧人、道士等的漫遊四方，不過梁秉鈞的〈雲遊〉卻不是這個意思，甚至有反諷之意，所以詩開首的第一句便說：「即使白雲美麗你也不能住在裏面」。詩人為甚麼會這樣說呢？原來這首詩寫於一九八一年，詩人自美國回港一個月，發覺香港的變化很大，在回美途中，他想到故土遠了，異地仍是陌生，心情浮懸，這詩描繪的便是他飛行旅程中的感受。

## 【文本】

即使白雲美麗你也不能住在裏面
機翅吞沒了
　　屋宇

山脈

　　　　和海灣

熟悉的城市遠了

　　　　進入白雲

美麗你也不能住在裏面

台北、東京、火奴魯魯

看盡人間的黑與燦爛

我們已飛到黑暗的隧道盡頭

睡過又醒來

　　　然後光亮了

前面一脈嫣紅

　　微黃

　　　　粉藍

黑暗撕開又縫合

　　　　藍色漸漸稀淡了

背後的人情遠了

我拿着一卷喜愛的墨跡

　　　　卻是進入無人的空中

行囊中的唐詩

　　　　化成陌生星球的碎片

雲變成岩石

　　　　岩石再軟化成雲

絮絮片片、東邊日出

西邊雨，道是無晴卻有晴

夜泊東京的高空

沒有鐘聲

　　　　到客船

驛站窗外一株株樹往後移

旅途中人們睡了又醒

往哪兒去呢

喝茶，喝酒

　　　　　微醉了

窗外微微有雨

不，沒有雨

　　　　　只是落着石頭

藍色已稀薄得看不見了

　　　　　　又沒入黑暗

睡覺吧

　　　　忘掉一切

不，你要回到地面

出閘

拿着世界的證件

　　　　　　等待

你提一生沉重的行李

來自不同國家的負累

天亮了

不，雞還沒有啼

火奴魯魯的藍天在民航機翅下

南邊有溫暖的陽光北方有雪

你來了又去了

但願在有雪的地方又怕雪傷害你

現在你穿着過多的衣服你流汗

並不如想像的自由

你好像越過了空間又跨過了時間

到頭來你還是局促在座位上

你飛翔

　　　又落下成為積雪

你舉起杯

　　　　　杯中冰塊不溶

春天來時雪就溶了

春天甚麼時候來呢

杯子的溫涼裏有人間的晴雨

各自東西流去

窗外宇宙的花樹化為銅柱

在你抵達的驛站上

發出金屬冷冷的聲音

你還在找尋

在那還未成形的早晨的雲霞之間

黃色顯現又漸漸隱去

一團團的

　　　微紅的光

在前面在前面

一個好晴天

舊歲隨着一個喝盡的酒杯拋去哀愁嗎

春天會帶來物色新鮮嗎

可是我又記得

尋常的日子我們在人世的關連

淡素的雲海

　　　　要去作人間的雨嗎

我在看我在等待

雲上的光說晴天在前面了

但為甚麼我又只見到街頭永不消溶的積雪

春天來時雪就溶了

而我是在一個沒有季節的空間航行

前面只是無晴的空漠

伸出手抵到玻璃是寒冷的

人們攪動沉濁的睡眠

從日到夜

　　　　從春天到冬天

都掉失在

　　　雲堆外

夜半

　　沉沉的馬達聲

　　　　　獨自響着

為甚麼把落花吹來呢

我能把春天帶給冰雪嗎

還是冰雪會令我凝結

臨着泉水

還有垂楊拂着酒杯呢

不，有人把酒杯收去了

沉默
你看着外面安靜的荒涼
雲影變幻
顏色瞬息消逝
即使白雲美麗你也不能住在裏面的

一九八一年聖地牙哥

## 【賞析】

### 即使白雲美麗你也不能住在裏面

徐志摩在半個世紀前寫了一首同名的詩，兩首詩都是「從飛機的特殊空間回望人世」[1] 的作品，徐志摩的〈雲遊〉是浪漫的，但梁秉鈞的〈雲遊〉卻否定浪漫，他甚至在詩的第一句便告訴大家：

即使白雲美麗你也不能住在裏面

一九七八年，詩人離開香港到美國深造，一九八一年短暫回港，然後又再回美繼續學業。飛機離開香港，進入雲間，在空中穿越不同時間（日與夜）和空間（台北、東京、火奴魯魯），這應該算逍遙自在了吧，然而，詩人行囊中帶着太多東西了，喜愛的墨跡，熟讀的唐詩，出走似乎自由，但浪漫只是假象：

絮絮片片、東邊日出

西邊雨，道是無晴卻有晴[2]

夜泊東京的高空

沒有鐘聲

　　　到客船[3]


　　詩人在睡與醒，天亮和黑暗中間，從一個地方抵達另一個地方，他希望在另一個地方找到溫暖的陽光和雪，但到頭來又怕雪傷害自己，有陽光時穿着過多的衣服又流汗，現實與想像有距離，雲遊也並不如想像的自由：


　　　你好像越過了空間又跨過了時間

　　　到頭來你還是局促在座位上


　　雲遊本是為了追求超越的，但詩人不能忘記人世間的種種牽絆，在機艙外雲的世界與機艙內人的世界間，有「人間的晴雨」、「人世的關連」，他在未成形的早晨與雲霞之間，「遊」於猶疑與肯定，現實與夢想。詩中反覆的流露出這種浮懸的情緒，反映了他在面對生活變化時的心理狀態。


　　　我在看我在等待

　　　雲上的光說晴天在前面了

　　　但為甚麼我又只見到街頭永不消溶的積雪

　　　春天來時雪就溶了

　　　而我是在一個沒有季節的空間航行

　　　前面只是無晴的空漠

伸出手抵到玻璃是寒冷的


　　這裏的描寫貼切的寫出了人在長途機艙的感覺，也真切的寫出了詩人的心情。年青的你現在可能未必能體會詩人的感受，但若干年後，不知哪一天，當你走在崎嶇不平、晦明交錯的街角時，這幾句詩可能會突然湧現，出其不意的觸動你。

　　詩人不是沒有浪漫的想像，但現實不斷介入，將他帶回目前，終於他只能沉默，面對機艙外安靜荒涼，雲影變幻的世界，再說一次：


即使白雲美麗你也不能住在裏面


# 【 注 釋 】

〔1〕　見葉輝的〈複句結構：母性形象及其他〉，收於《書寫浮城》，香港，青文書屋，二〇〇一年。

〔2〕　出自唐朝詩人劉禹錫的〈竹枝詞〉，全詩為「楊柳清清江水平，聞郎江上唱歌聲。東邊日出西邊雨，道是無晴卻有晴。」

〔3〕　張繼〈楓橋夜泊〉：「月落烏啼霜滿天，江楓漁火對愁眠。姑蘇城外寒山寺，夜半鐘聲到客船。」

# 蓮葉

## 【題解】

梁秉鈞八十年代回港，與畫家朋友梁巨廷往青松觀旅行，見到現代都市蓮花的處境，於是與梁合作，以詩畫表現蓮的變奏。詩人用「蓮」（lián）的發音變化，發展出連、憐、年、戀、漣、煉、鄰等一系列的詩。在一次訪問中，他提到當時他從美國回來，本以為回家應該很平靜，但想不到許多人事變了，政治、社會的感覺也改變了，使他有文化震撼的感覺[1]，於是以〈蓮葉〉系列將所見所感寫出來。

## 【文本】

偶然來到這蓮田
沿一塊舊木板走入葉叢
靜默摩擦靜默發出聲音
這是奇妙的，綠色

回答綠色，相遇在這世界的早晨
風吹開那邊閉合的臉
牽動我這兒捲曲的葉緣
我們將會接觸
開始笨拙地解釋
葉上言語所能照明的脈絡
是我們僅有的世界
早晨逐漸渾圓的新露
令我靜止，我的沉默
又感染另一塊葉，同樣承擔
一隻昆蟲棲停的重量
偶然相遇在這世界並排可卻
沒有刻意安排拘謹的韻腳
我們發出同樣的聲音又失去彼此
在風中互相試探還不如
自然探首，意義會逐漸浮現的
叢叢葉上的霜雪仍然令我沉重
長自同樣淺窄的水中
努力直立以一枝中空的綠梗
伸向一個更真實的空間
我知我們不能離開這世界的
言語，但也不是要附和它
當我們沉默，那裏仍充滿聲音
各自忍耐季節的灰塵
一面傾聽，舒開的時候
可以感知遠方水的顏色

一九八三年夏天

# 【賞析】

## 與蓮的相遇相連

大家都讀過〈愛蓮說〉這篇文章了，蓮在中國古代文學作品中經常出現，有它固定的形象，可是詩人在現代都市中看到的蓮花，與古典詩畫裏的蓮花，有相通也有不同，於是他嘗試在欣賞蓮花的過程中，尋找新的觀看與思考的角度。

詩的起句說「偶然來到這蓮田／沿一塊舊木板走入葉叢」，由於詩人不是刻意的探尋，所以他可以用一種自然的狀態，與外在空間相遇，感知蓮的世界，聽到「靜默摩擦靜默」，「綠色回答綠色」，看到風動，蓮葉牽動蓮葉所展開的容顏。面對靜美的自然，詩人意圖以舊有的方式描述，但他發覺我們固有的語言和表達形式，在活潑自足的生命世界裏，笨拙無力，令他靜止、沉默，唯恐破壞了這個奇妙的世界。

你會覺得很奇怪，詩人不是正在以文字／詩描述眼前景物嗎？為甚麼他又會覺得無力呢？這不是很矛盾嗎？

其實這正是這首詩最有趣的地方，詩人一邊試圖以語言文字表述外在世界，但一邊卻質疑語言文字的能力，他在描述外在世界，也在反思自己，反思文學的作用。中國的詠物傳統習慣以固有觀念加諸於物的身上，如蓮是廉潔的象徵，是君子的化身，但對梁秉鈞來說，蓮有自己的生命，蓮的意義是浮動開放的。

> 我們發出同樣的聲音又失去彼此
> 在風中互相試探還不如
> 自然探首，意義會逐漸浮現的

詩人曾說過,「有關人與物的相會可以有很多不同的形式,詩人不一定需要把自己對世界的解釋加諸物件上,將之變成象徵,詩也可以是一種對現實世界的探索。」[2] 他提醒自己:

> 我知我們不能離開這世界的
>
> 言語,但也不是要附和它
>
> 當我們沉默,那裏仍充滿聲音
>
> 各自忍耐季節的灰塵
>
> 一面傾聽,舒開的時候
>
> 可以感知這方水的顏色

詩人知道唯有透過語言,才能描述蓮,描述這個世界,但唯有放開約定俗成的觀念、語言,我們才能真正傾聽、感知世界,發現意義。這首(組)詩,包括了詩人對藝術、感情、文化和歷史的反省。詩中既說蓮,也說詩(「以詩去剖析了寫詩的過程」[3]),甚至詩人自己,層次豐富,值得多讀幾次,細細體味。一讀再讀後,你可能有全新的體會呢。

## 【注釋】

[1]　見〈蟬鳴不絕的堅持 —— 與梁秉鈞談他的詩〉,收於王良和著《打開詩窗 —— 香港詩人對談》,香港,匯智出版有限公司,二〇〇八年。

[2]　見《中外文學》第三十四卷第一期,二〇〇五年六月,頁一至二二。

[3]　引自洛楓整理的訪問〈在舊書店找到的詩集〉,收於《僭越的夜行 —— 從《雷聲與蟬鳴》(一九七八)到《普羅普斯的漢詩》(二〇一二)。

# 太陽升起的頌詩

## 【題解】

　　一九八〇年代初，梁秉鈞曾寫了多首頌詩。甚麼是頌詩？在中國，《詩經》時代已有風、雅、頌、賦、比、興之說，頌是詩之六義之一，「頌之言誦也，容也，頌今之德，廣以美之。」意思就是說，頌是對當世質素的肯定，廣為傳揚的作品。在希臘羅馬時期，西方詩人以華麗的詩歌頌讚君王或競技的優勝者，也有頌詩（Odes）。可是如果我們按上述定義看梁秉鈞的頌詩就會有點奇怪，梁秉鈞修理屋頂有頌詩，太陽升起有頌詩，甚至對苦瓜也可以寫一首頌詩。為甚麼雞毛蒜皮的小事，無關重要的東西也要頌呢？詩人當然有他的道理，這裏賣個關子，請你先讀讀這首〈太陽升起的頌詩〉，猜猜詩人頌的是甚麼，然後再告訴你梁秉鈞寫的是甚麼頌詩。

## 【文本】

　　我坐在窗前準備英詩

逐漸看見了外面的微光

然後你突然就在那裏了，來得那麼自然

那麼光亮，帶一點羞赧

又是完全完整的，照遍曠野

照進窗裏，也把我的影子描畫出來

一兩頭鳥兒飛過寬敞的天空

我可以感覺牠們羽毛上的清涼

我感到那麼平靜

彷彿我們可以合力幫助你升起來

然後你給事物塗上一道金邊

讓他們帶着光芒遠去

一輛腳踏車、一輛汽車

幾個早起跑步的人，帶着我們的秘密走遠了

我在這微涼的溫暖裏，高興

你照見了人世，我看着

你停在那小山的上面


有好一會，光線好像淡了

好像還是不完全願意跟陰影說再見

好像會軟弱、散渙、不能堅持下去

難以攪動習慣積聚的灰塵，不容易驚動

土地的沉睡，覺得到底還是沒有辦法

改變這個長了灰色硬殼的世界

好意地照亮別人往往是沒有回應的

微黃的臉孔顯出焦燥、懷疑

老是磨折自己，昨夜的記憶糾纏
不若就在那些瑣碎的事物間半睡半醒的
度過一個早晨算了！何況總有流行的說法：
到頭來每個人都是孤獨地站在大地的當中
而且不久就要是黃昏了⋯⋯

我看着你停在那裏，像剛成長的爬蟲
猶豫地看着前面
我想問：喂，要不要幫忙？
要不要我來幫你升上去？
但我在我這人的窗子裏
只能從過去的經驗，從面對的言語
尋找令你升起的理由
你停在那裏，圓圓的、笨笨的
不知是在繼續努力
還是想不如回到被窩裏再睡一覺
努力加一把勁吧，我說
我在黎明的光中
在白色空氣的邊緣靜靜等待
我再回到書上那些時而肯定
時而猶豫的文字，逐漸的
我感到了比較實在的溫暖
望出窗外，你已經慢慢升高了

一九八四年

# 【賞析】

## 害羞的太陽

這不是一首傳統意義的頌詩。詩中，詩人為太陽塑造了一個很有趣的形象。傳統文學中的太陽光芒萬丈，威風凜凜，這首詩中的太陽卻像一個初出道的年青小夥子，你看看他的出場：

> 我坐在窗前準備英詩
> 逐漸看見了外面的微光
> 然後你突然就在那裏了，來得那麼自然
> 那麼光亮，帶一點羞赧

沒有光芒萬丈，並不氣勢迫人，太陽親切自然，帶點羞赧的出現，與傳統太陽神的形象大異其趣。無論如何，他的出現，仍然為人世帶來光明、溫暖。可是不久，他便好像有點後勁不繼了：

> 有好一會，光線好像淡了
> 好像還是不完全願意跟陰影說再見
> 好像會軟弱、散渙、不能堅持下去
> 難以攪動習慣積聚的灰塵，不容易驚動
> 土地的沉睡，覺得到底還是沒有辦法
> 改變這個長了灰色硬殼的世界

面對毫無反應的大地，長了硬殼的世界，好意得不到回應，太陽開始軟弱、散渙。算了，找個藉口打退堂鼓吧。咦，讀着讀着，怎麼好像有點熟悉的感覺？這個有點害羞，有時會猶疑，帶些困惑，圓圓笨笨，初出道

的太陽是不是有點像你？像我？甚至也像詩人自己？在成長的過程中，年青人都曾經歷過這樣的過程，詩人與其說是在歌頌太陽，倒不如說是在與他互相扶持，互相鼓勵。

> 喂，要不要幫忙？
> 要不要我來幫你升上去？

詩人以生活化的語言，活潑的想像，幽默的態度，寫出了年青人的心路歷程，年青朋友讀這首詩時會覺得特別親切。詩人自道心聲時說：「在求學和生活中，在挫折與否定之餘，也追尋過不少我嘗試肯定的東西，所以我一度也試寫頌詩。」[1]與十年前相比，這首詩比〈中午在鰂魚涌〉多了一點樂觀和信心，詩的結句說：

> 我再回到書上那些時而肯定
> 時而猶豫的文字，逐漸的
> 我感到了比較實在的溫暖
> 望出窗外，你已經慢慢升高了

儘管有些波折，但「見習太陽」還是升高了，你呢？讀了這詩，有沒有感到一點「實在的溫暖」？

# 【注釋】

〔1〕　見〈關於頌詩〉，收於《半途 —— 梁秉鈞詩選》，香港，香港作家
　　　出版社，一九九五年。

# 交易廣場的夸父

## 【題解】

交易廣場在中環，高聳的建築是香港繁榮的標誌。夸父是中國古代神話中的悲劇英雄，他為追逐太陽，奔過羣山，飲盡河、渭，終於力竭而死。相傳，他倒下後，身軀、毛髮化為山川、樹林。夸父為甚麼會跑到交易廣場呢？古代神話中的夸父跑到現代都市中會發生甚麼事？反過來說，現代都會中的夸父又會面對甚麼問題？

## 【文本】

我想我們都仍然喜歡那樣的故事
站在電梯上我看見前面一個女子
奔跑趕上快將開行的地下車
我知道我倒下也不會發出轟然的雷響
我可以把大家衣服上的油漬

變成桃葉上的雨滴嗎？

偶然相見，說一個神話，吃一頓午飯吧

人是用想像和泥土做成的

在這個城市裏，你拖着河流奔向林莽

跑過遍地粗礪的石礫

肌膚起繭，逐漸遠離了

（車輛匆忙地開走了）

這星球所有的溫暖

冷月擀着溫純的麵，用力揉壓下去

生活令你腦子聽見聲音

你舉起巨大的臂膀想要把那團光明

用雙手捉住，好似相愛的秋天

氣流在腰間使你顫慄

你想把向日葵帶給高樓間行走的人

但累積的擔子使步伐沉重，我們走過天橋

仍想去看天空和遠山，看交易廣場那兒

一頭金屬螃蟹撐起巨大的臂膀

彷彿焦渴的時候可以一口喝盡大海

像樹木頑強抵抗世界的灰塵

成為林蔭，遮庇另一些疲倦的人

我們走在鬧市的邊緣，我想我看見

走累了的人倒下，晃動頭髮上的河流

給眼前的世界遍灑新的露水

一九八五年

# 【賞析】

## 香港版夸父

詩人在八十年代回到香港，發覺香港轉變了。七十年代時，年青詩人的生活雖然不穩定，但總算能維持下來，還有餘暇辦文藝刊物（《四季》、《大拇指》），做想做的事。八十年代回到香港，他不但沒有回家的感覺，反而好像到了異地，有好多朋友離開了（中英草簽前後，很多人移民離港），很多以前所肯定的質素在變，使梁秉鈞產生了文化震盪的感覺，還有一些負面的情緒。於是他借用夸父逐日的故事，刻畫出當時他對香港的感覺。

夸父逐日，現代都市人卻只能追趕地下車。夸父最後轟然倒下而死，他的身軀變成了夸父山，他的手杖化作桃林，可是詩人說：

> 我知道我倒下也不會發出轟然的雷響
> 我可以把大家衣服上的油漬
> 變成桃葉上的雨滴嗎？

神話中的夸父跑過蒼茫的大地，現代夸父卻在粗礪的石礫和石屎森林間為生計奔波，跑得肌膚起繭，身心疲累，得到的卻是冷漠、打壓。

> 跑過遍地粗礪的石礫
> 肌膚起繭，逐漸遠離了
> （車輛匆忙地開走了）
> 這星球所有的溫暖
> 冷月擀着溫純的麵，用力揉壓下去

生活令你腦子聽見聲音

世界縱然未如理想，夸父仍然奮力舉起臂膀，想要捉住光明，想把向日葵送給行人，想去看天空和遠山，想抵抗世界的灰塵，但他的步伐沉重，喉乾舌燥。現代都市中的夸父是誰？現代夸父的命運又如何？

有人說夸父是叫人不要不自量力的寓言，也有人說這是一個追求理想的故事，更有人說，夸父是中國的普羅米修斯，犧牲自己，為人類帶來希望。不同的人，對這個故事有不同的詮釋；追求理想，注定是徒勞無功的，還是終會帶來希望的呢？夸父可以幫助他們嗎？詩人是這樣說的：

> 我們走在鬧市的邊緣，我想我看見
> 走累了的人倒下，晃動頭髮上的河流
> 給眼前的世界遍灑新的露水

你的結論是甚麼？

詩人巧妙地利用傳統神話，寫出現代都市的疏離冷漠，個人面對着社會轉變時的焦慮不安，也投射出個人對城市的感情。「古事新詮」、「故事新編」是一個易學易用的創意寫作技巧，你們也可試試。

# 給苦瓜的頌詩

## 【題解】

在前面，我們已看過〈太陽升起的頌詩〉了，現在我們再看看梁秉鈞的另一首頌詩。傳統頌詩對君主歌功頌德，現代主義詩人很少寫這類頌詩，反而多半只作為反諷。不過，梁秉鈞「並不特別欣賞犬儒的冷嘲，反而後來看到美國一些後現代詩人如金斯堡、鄧肯、奧哈拉等，嘗試解構了舊有的詩觀與人生觀念之餘，也重新運用頌詩的形式，辯證地有所肯定，我倒覺得能出入於現世，映照重重歷史文化，調整過於高蹈或鄙下的標準，較能令我共鳴」。[1]〈給苦瓜的頌詩〉大概也屬於這類頌詩。詩人喜歡吃苦瓜，但也不能因為自己喜歡吃就寫詩歌頌吧。何況口味各人不同，苦瓜有甚麼特別的地方呢？你們可列舉出一些嗎？

## 【文本】

等你從反覆的天氣裏恢復過來

其他都不重要了

人家不喜歡你皺眉的樣子

我卻不會從你臉上尋找平坦的風景

度過的歲月都摺疊起來

並沒有消失

老去的瓜

我知道你心裏也有

柔軟鮮明的事物


疲倦地垂下

也許不過是暫時憩息

不一定高歌才是慷慨

把苦澀藏在心中

是因為看到太多虛假的陽光

太多雷電的傷害

太多陰晴未定的日子？

我佩服你的沉默

把苦味留給自己


在田畦甜膩的合唱裏

堅持另一種口味

你想為人間消除邪熱

解說勞乏，你的言語是晦澀的

卻令我們清心明目

重新細細咀嚼這個世界

在這些不安定的日子裏還有誰呢？

不隨風擺動，不討好的瓜沉默面對

這個蜂蝶亂飛，花草雜生的世界

一九八八年至一九八九年

## 【賞析】

### 詩人愛苦瓜

　　梁秉鈞喜歡觀察生活，寫日常生活事物，但他的觀察角度與人不同，他的視線經常落在被人忽略的平凡小人物、小事物中間，在平常事物中看出道理，在不詩意處寫出詩意。苦瓜的賣相不突出，味道不是每個人都喜歡，但他卻能抓住苦瓜的特質，寫出深意。現在就先讓我們來看看苦瓜有甚麼好處吧。

　　苦瓜這首詩的結構簡單，一般頌詩通常是正、反、合三段，這首詩也是三段，第一段由苦瓜的外貌開始。苦瓜的外貌並不討好，滿佈皺褶，看起來就像臉上的「火車軌」，即使瓜未老也給人老的感覺，這是一般人的聯想，但詩人卻有不同的角度。

> 人家不喜歡你皺眉的樣子
>
> 我卻不會從你臉上尋找平坦的風景

　　皺紋是歲月的痕跡，坎坷不平的歲月帶來滄桑，但也帶來經驗和智慧，而且事物不能單看表面，詩人知道苦瓜的內裏也有「柔軟鮮明的事物」。

由外在而到內在，第二段寫苦瓜的味道。苦瓜的外貌不吸引，味道苦澀，所以年輕人多不喜歡吃。不過苦瓜咀嚼下去會有回甘之味，吃得多了會愈來愈喜歡，特別在經歷過生活的酸苦，就會開始欣賞苦瓜。

第三段寫苦瓜的功用。年青人愛吃香嗜甜，喜歡煎炸油膩，日久才知道這些食物多吃無益。苦瓜味道甘苦，不為滿足大家的口舌之慾，而是苦口良藥，為大家消除邪熱，清心明目，有它實用的功效。

詩人由外到內，由形貌到功用，一層一層的寫出苦瓜的特質，層次分明，觀物、寫物的手法，值得大家學習。不過，詩人是不是就是想寫苦瓜這麼簡單呢？這就來到閱讀這首詩的第二個層次了。

詩人在談論中國詠物詩的傳統時曾說過，中國「五四」以來的詠物詩，數目雖不多，但是這些作品，「或者是自況，或者是借喻，或者是觀察，或者是自省，用種種方法，寫出自我理想的寄託，或者對現實時勢的感諷」。[2] 如果從這個角度來看，給苦瓜的頌詩，也許就不只是寫苦瓜，更是另有所指了。

所指的是甚麼？梁秉鈞在與王良和對談時曾說：「苦瓜上的皺紋令我想起老人家的經歷 —— 像曾經過文革吃過苦的知識分子，做了許多事，苦了許多日子，卻蘊藏了豐富經驗，累積了智慧，仍然帶着與人為善的高尚素質。」[3] 有了這個入門指引，詩中字裏行間的意義便豁然開朗了，原來詩中的「你」是經歷「文革」的老一輩知識分子（如沈從文），詩中的「反覆的天氣」是國內動盪的政治形勢，「虛假的陽光」、「雷電的傷害」是……拿着這條鑰匙，你可以自行繼續打開其他詩中的符碼嗎？

〈給苦瓜的頌詩〉，託物寄意，寫出了詩人對另一生命姿態的欣賞，歌頌在混亂乖離時代中的良好質素，找出自己肯定的東西，可以說既是頌詩，也是詠物詩。讀過這首詩，你也有興趣自己試試創作嗎？詩人提過，〈人面〉、〈白粥〉、〈菜乾〉等幾首詠物詩，題材親切，寫法簡單而

多樣，很適合大家學習，大家不妨找來看看，然後自己找一樣日常生活的物件試作。

## 【 注 釋 】

〔1〕 見〈關於頌詩〉，收於《半途 —— 梁秉鈞詩選》，香港，香港作家出版社，一九九五年。

〔2〕 同上注。

〔3〕 見〈蟬鳴不絕的堅持 —— 與梁秉鈞談他的詩〉，收於王良和編著《打開詩窗 —— 香港詩人對談》，香港，匯智出版有限公司，二〇〇八年。

# 樓梯街

【題解】

　　樓梯街位於香港上環，顧名思義是一條以樓梯為主的街道，除了荷李活道以南，文武廟旁邊一小段可供汽車來往外，其餘各段都是石級，很有特色。樓梯街沿途經過賣古玩的摩囉街、荷李活道的文武廟和基督教青年會等歷史建築，被政府評定為一級歷史建築。這首詩原名〈木屐〉，你有沒有穿過木屐？試想像有人穿着木屐在樓梯街上行走時會有甚麼效果？

【文本】

　　穿着木屐穿過樓梯街
　　我和影子穿着木屐穿過歲月
　　我的足踝跟我的足踝説話
　　我説歲月是衣裳竹日子曬出芳香
　　（「衣——裳——竹！」）

我説記憶是把剪刀（磨較剪鏟刀！）
把一切剪出一個朦朧的輪廓
説話的時候月亮在我身邊徘徊
跳飛機的時候影子為我凌亂
穿上一雙木屐一切便都穿上了

穿過樓梯街我穿的木屐掉了
失去一雙木屐一切便都失去了
穿過樓梯街（不覺眾鳥高飛盡）
高樓建起來（秋雲暗了幾重）
我蹲下來在石級上摸索我的影子
汽車隆隆聲中好像聽見你的聲音
好像説：那時……花開……一十一
説話斷續破碎我逐漸聽不明白
不知可不可以跟失去的聲音相約：
明朝有意穿着木屐再回來？

一九九〇年

## 【賞析】

### 多種聲音影像交織的街道

　　〈樓梯街〉是一首很有電影感的詩，詩中穿插着聲音與畫面，而貫串的是木屐的聲音。詩人和他的影子穿着木屐走過樓梯街，「滴鐸滴鐸」的

木屐聲，敲出歲月流聲，詩人巧妙的由一個聲音帶至另一個聲音，一個畫面溶入至另一個畫面，「衣 —— 裳 —— 竹」、「磨較剪鏟刀」，剪刀又剪出街童在月下跳飛機的朦朧輪廓，聲音物件交織出一個昔日香港庶民生活的圖像。這時，另一種聲音悄悄潛入：

> 說話的時候月亮在我身邊徘徊
> 跳飛機的時候影子為我凌亂

這不是李白〈月下獨酌〉的「我歌月徘徊，我舞影零亂」嗎？為甚麼唐詩的影子會出現在現代詩中呢？原來木屐就好像童話中有法力的鞋子，「穿上一雙木屐一切便都穿上了」，木屐將詩人帶回舊日街巷的回聲，童年讀過的詩句的記憶中。

可是，木屐、衣裳竹、磨較剪鏟刀的小販都已成過去了。第二段的開始：

> 穿過樓梯街我穿的木屐掉了
> 失去一雙木屐一切便都失去了

童年回憶是甜美親切的，但現實並非如此，樓梯街雖然仍在，周圍的一切卻已改變，高樓建了起來，隆隆的車聲碾碎了遊戲歌的童音。這時，李白的詩句又再出現：

> 穿過樓梯街（不覺眾鳥高飛盡）
> 高樓建起來（秋雲暗了幾重）

「眾鳥高飛盡」是〈獨坐敬亭山〉中的詩句,「秋雲暗了幾重」出自〈聽蜀僧濬彈琴〉,李白的詩句是成年詩人重回樓梯街的感受,暗示了舊日香港街道風情的消逝,時代的轉變。在暗淡秋雲、高樓陰影和噪雜市聲的籠罩下,純真的童年聲音[1]逐漸變得破碎難辨,在斷續的語音中,詩人唯有說:

> 不知可不可以跟失去的聲音相約:
> 明朝有意穿着木屐再回來?

結句再一次融入了李白的詩句「我醉欲眠卿且去,明朝有意抱琴來」(〈山中與幽人獨酌〉),表達他的盼望。

在〈樓梯街〉中,詩人將本土記憶、唐詩意象,古典文字、香港口語交織成一首奇異的詩。這首詩最宜用粵語朗讀,讀着讀着,當你開始進入現代詩的語境時,小販的叫賣聲突然出現,帶你回到昔日香港的親切記憶,而當你陶醉於兒時想像時,唐詩的意象又忽然出現於字裏行間,巧妙融合,幾種語言(文言和口語)和意象(過去和現在)交錯互織,構成了一種奇異的意境和節奏。最重要的是,這些不單是語言和技巧的實驗,或是文字遊戲,這些技巧與我們的香港記憶融合無間,聲情巧妙結合,所以餘音裊裊,令人一再回味。

## 【注釋】

〔1〕 跳橡筋繩是香港以前很流行的遊戲,兒童配合兒歌,邊跳邊唱,歌詞內容為:「小皮球、香蕉油;哪兒開花一十一,一五六、一五七、一八一九二十一;二五六、二五七、二八二九三十一⋯⋯」

# 萊茵河畔的兵馬俑

## 【題解】

　　梁秉鈞在一九九八年曾應國際文化交流署之邀任駐柏林作家，其後又數度再訪德國，二〇〇一年往海德堡大學客座一個學期，在異地與其他國家學者的交流，使他分外感到文化間的差異與相同，擴闊了他對自身文化的思考。記錄他這段時間的文章，多已收入《在柏林走路》一書中。

　　兵馬俑，位於中國陝西省西安市秦始皇陵以東的兵馬俑坑內。在陵墓內最引人注目的是數以千計，真人大小的兵馬陶俑。陶俑曾多次帶到外國展出，梁秉鈞身在異地，看到來自中國的展覽，寫下了這首詩。

## 【文本】

　　原以為你們會在萊茵河畔
　　在微雨中肅穆地排開站崗
　　放逐到邊界戍守的寂寞士兵

懷念遠方家鄉妻子的臂彎

今日我來這兒尋找你們
卻尋見了繪畫龍鳳的旗幟
眾生擠在湖畔公園帳篷裏
夢想重塑一個千年的墓穴

你似在沉思，你收斂了笑容
許是把憤怒或激昂轉化
成一點淡淡的凝重
你的執着成了黏肉的盔甲

葬入深遠的歷史又再挖掘出來
不能說沒有各自的神貌
但是在異鄉觀看的眼中
怕都只是沒甚麼表情的中國人吧？

由於帝王的野心，由於他恐懼
寂寞，把你們凝止在這樣一個空間裏
埋入泥土，你可更認識空氣
在墓穴裏，你可更清楚聆聽海洋？

金髮女子目光來回的掃視下
你的左臂粉碎了，你不理解
溫柔的戰略，那些婉轉的言詞

禮貌的周旋裏你顯得何等笨拙

沒有語言能夠敍述這些扭曲，難道可以
誇耀你經歷的歷史比別人更加血腥
說你有更多的饑荒與災禍，你的帝王
比別人埋葬更多儒士和書本？

遠古的赤泥塑成待價而沽的玩偶
連魅魍帶回家去。在佳釀的異鄉河畔
你會突然策動一場血腥的叛變嗎？
僵持的手有日會把刺刀戮向誰的心臟？

從河邊吹來的和風
可會熨貼你重重挫折的胸懷？
心中陵墓重門中扣藏的千年暴戾
可會有一日在陽光下融化？

二〇〇一年

## 【賞析】

### 受委屈的兵馬俑

　　梁秉鈞到萊茵河畔看文物展覽，原以為會看見兵馬俑莊嚴肅穆地排列在河畔，看到的卻是一個個陶俑擠在裝飾了龍鳳旗幟的帳篷裏。詩人在失

望之餘，就眼前所見，開展聯想，寫出他的感受。

　　不知道你有沒有留意到梁秉鈞寫物時，經常會以「你」稱呼被描寫的對象？詩人不是抽離客觀的描畫物件，而是喜歡站在旁邊與它們對話，他的語調是理解體諒的（「我知道你心裏也有／柔軟鮮明的事物」〈給苦瓜的頌詩〉），甚至鼓勵支持的（「我想問：喂，要不要幫忙？／要不要我來幫你升上去？」〈太陽升起的頌詩〉）。站在兵馬俑面前，他會想：兵馬俑是士兵的原型陶塑，戍守邊界的士兵，會有甚麼感受？原應保家衛國的戰士，結果深藏地下墓穴，虛度歲月，他們又會有甚麼感覺？現在，如果我是兵馬俑，站在一個陌生的地方，被無數金髮碧眼的陌生外國人盯着，我會有甚麼感受？

　　在統治者眼中，士兵只是他們的工具；在異鄉參觀者眼中，他們是看起來一模一樣，沒甚麼表情的外國人，但詩人沒有當面前的文物是死物，他嘗試走進兵馬俑的內心，發掘泥塑面孔下的感情：

> 你似在沉思，你收斂了笑容
> 許是把憤怒或激昂轉化
> 成一點淡淡的凝重
> 你的執着成了黏肉的盔甲

　　當年的專制君主，由於野心和恐懼，將他們蠻橫地埋在地下；今日，另一批統治者又因其他原因將他們挖掘出來展示人前。兵馬俑不明白這些高高在上者的話語，他們展覽他們的用意，詩人替他們訴不平，指出這些虛假言詞的荒謬。

> 沒有語言能夠敘述這些扭曲，難道可以

誇耀你經歷的歷史比別人更加血腥

說你有更多的饑荒與災禍，你的帝王

比別人埋葬更多儒士和書本？


詩人責備的，只是古代的帝王嗎？歷史不斷重複，人民仍然是統治者手中的工具，過去的種種魅魎猶在。憶古思今，過去與現在的受委屈者可以怎樣？詩的最後一段，詩人寫下了他善意的希望：


從河邊吹來的和風

可會熨貼你重重挫折的胸懷？

心中陵墓重門中扣藏的千年暴戾

可會有一日在陽光下融化？


在〈中午在鰂魚涌〉一篇中說過，觀察、聯想、投射是常用的寫作手法，但梁秉鈞能因應不同的題材，有不同的寫法，變化很多。在這首詩中，我們可以看到詩人怎樣運用聯想，由見到的到想到的，遊走於兵馬俑的過去與現在，歷史與現實，寫兵馬俑的委屈，也寄寓同情與勸慰。〈雷聲與蟬鳴〉、〈中午在鰂魚涌〉以現實起興，〈交易廣場的夸父〉結合神話寄意，這篇的想像穿梭於歷史與現實，各篇投射的感情和題旨各有不同，足見他思考層面的廣度和內容的深度。

# 雞鳴

## 【題解】

〈雞鳴〉是梁秉鈞二〇〇六年的作品，二〇一〇年修訂。二〇〇六年的夏天，他到法國沙可慈修道院當駐修院作家。沙可慈修道院在阿爾卑斯山上，風景優美，人情樸素，十分適合寫作。詩人因此開始構想「寫一本新的《詩經》，追溯那種樸素美好的想像。我也願認識更多陽光下南法和意大利的事物和人情，那會是現代版《詩經》的好題材」。[1]之後，詩人先後寫了九首以《詩經》作品為題的詩，合稱為〈詩經練習〉，收在《普羅旺斯的漢詩》中，〈雞鳴〉即為其中一首。

## 【文本】

灰濛濛的一片
鳥兒的聲音
三三兩兩點捺

是渡船嗎

是楊柳還是貨櫃碼頭？

遙遠的白線

燈光熄滅了

陽光還沒有出來

她說：天亮了！

他說：還沒有呢！

看不見星了

她說：盡是汽車的聲音！

來不及了

事物在轉變——

更好或更壞？朦朧的輪廓

我們被迫參與防守的列陣

或無謂的邁進

本來不是這樣的，但如果

沒有本來呢？

雲層後有甚麼操控着風雲？

沒有甚麼是屬於我們的

零星的聚散

沒有甚麼依傍

更高處鳥兒的聲音

沒有點染你

心中的

弦律

湧起

我們是依偎的野鴨

是雁

飛過

山峰

不完全是山峰

樓宇不完全是樓宇

閃避攻擊

我們能繼續依賴脆弱的溫情嗎？

若我們逃逸出

熟悉的語言

何處是我們的

安頓？

説不出的孤寂

灰濛濛的一片

他説：好似聽見琴瑟的聲音

她説：

是鄰居裝修的吵嚷

該起來了！

不，他説

讓我們永遠相擁

沉回夢鄉

澄藍

淺棕

墨綠

未成話語的

山水

二〇〇八年初稿，二〇一〇年修訂

# 【賞析】

## 賴床的丈夫

《詩經》中的〈雞鳴〉是一首十分有趣的詩，詩中的懶惰國君，天已亮了，公雞喔喔叫，但他仍不願起床，氣得他的妻子呱呱叫。現代的丈夫又怎樣？原來古今的男人都貪睡（是夫子自道嗎？），不過原因卻有點不同。

詩開始時展現的是帶中國淡墨山水味道的遠景，一片濛濛中，有鳥鳴，有渡船，好不詩意，但「是楊柳還是貨櫃碼頭？」的插入點破了這是現代。鏡頭拉近，燈光熄滅，陽光還沒有出來，夫妻對看到和聽到的有不同的詮釋。

> 她說：天亮了！
> 他說：還沒有呢！
> 看不見星了
> 她說：盡是汽車的聲音！

天將亮未亮之際，妻子想到的是事物在變，社會在變，好壞難料，我們要快點起床作好準備。丈夫想到的卻是既然無法掌控，那何不繼續躲在床上，依偎相擁，沉入夢鄉。在天際朦朧，新舊交接之際，一切都好像不確定，無所依傍，我們可以怎樣做，應該怎樣做？

> 說不出的孤寂
> 灰濛濛的一片

面對曖昧前景，詩中夫妻的態度各異，所以同樣的聲音，你聽到的是夫妻琴瑟和諧的聲音，她聽到的是拆建裝修吵噪的聲音，誰的想法對？詩人沒有告訴我們，也許他根本沒有答案，也不想給答案，他留下一幅「未成話語的／山水」，留待我們自己去思考。

詩人借用《詩經》的外衣，用現代人的語言，寫現代人的感情和處境，也讓我們重新思考我們面對的問題。下一篇，我們會看另一首更經典的《詩經》作品——〈關雎〉，看看詩人又怎樣寫出新意。

### 附錄：《詩經》〈雞鳴〉

雞既鳴矣，朝既盈矣。匪雞則鳴，蒼蠅之聲。

東方明矣，朝既昌矣。匪東方則明，月出之光。

蟲飛薨薨，甘與子同夢。會且歸矣，無庶予子憎。

# 【注釋】

〔1〕 見〈蟬鳴不絕的堅持 —— 與梁秉鈞談他的詩〉，收於王良和著《打開詩窗 —— 香港詩人對談》，香港，匯智出版有限公司，二〇〇八年。

# 關雎

## 【題解】

　　〈關雎〉是《詩經》的第一篇。如擺脫傳統詩教寄託之說,「風」簡單來說就是民間的民歌,內容大多是:「所謂男女相與詠歌,各言其情者也。」[1]〈關雎〉就是一首寫君子追求淑女的情歌。

　　梁秉鈞在接受王良和的訪問時說:「同學是不是可以看一些嘗試跟古典溝通的現代詩呢?……如果把那些作品(改編《聊齋》的詩)當工具,老師就可以藉此引導學生讀原著,從現代感情的改編引起他們對經典的興趣。對於《詩經》我也作過類似的嘗試。老師可以現代詩的改寫作引子,讓學生看看現代怎樣和古典對話,然後再看原著。」[2]以下是詩人的〈關雎〉,大家可以看看他怎樣與古典對話。

## 【文本】

　　雎鳩水鳥關關地叫

在河岸的那一邊
窈窕的姑娘
是我們早晨的思量

長長短短的荇菜
左左右右總撈不到
她來自不同的家境
她相信不同的神像

長長的夜裏時睡時醒
反來覆去總不到黎明
她閱讀的是不同的文字
她喜愛不同的圖像

長長短短的荇菜
左左右右總撈不到
她相信的是另一種價值
她追求另外一種人生

這麼美好的姑娘
彈着琴瑟想跟她交朋友
她喜歡的是另一種音樂
她沉迷另外一種節奏

雎鳩水鳥關關地叫

在河岸的那一邊

我這邊背着的太陽下山了

窈窕姑娘想着初升的日頭

二○一○年〈詩經練習〉

# 【賞析】

### 不是情詩的情詩

〈關雎〉原詩的結構很簡單，四句一組，兩句押韻，並用了不少雙聲疊韻字，是典型重章疊句結構，表現出《詩經》反覆吟詠，一唱三嘆的特色。梁秉鈞的詩素來不喜用明顯的韻腳，少用重複結構，他甚至說「不願意抒情就是傷感，就是不斷重複句子和節奏」。[3] 不過這次改寫的〈關雎〉與原詩相近，也是四句一組，句子和詞語的重複頗多。

詩的第一段差不多是原詩的對譯，其餘各段首兩句與原詩相似，後兩句則加入了新的意思。原詩着重寫男子對女子的思慕，各段反覆表達他的情意和思念，但新版則完全沒有了這個元素，着重描寫女子的背景、喜好和性格，詩的重點由男子轉移到女子身上。且讓我們看看詩人筆下這個令人輾轉反側的「女神」是一個怎樣的女子？

她來自不同的家境

她相信不同的神像


她閱讀的是不同的文字

她喜愛不同的圖像

她相信的是另一種價值
　　她追求另外一種人生

　　她喜歡的是另一種音樂
　　她沉迷另外一種節奏

　　詩中塑造的完全不是一個傳統意義的「窈窕淑女」，而是一個有個性、有品味、有理想的現代女性，詩中重複出現「不同」、「另一種」（各四次）兩詞，突出「她」與「我」活在兩個不同的世界，原詩以重複迴環的結構深化作者所要表達的情思，現代詩人卻以這個形式突出了兩人的差異，說明一廂情願的愛慕，而不考慮大家的不同，這段情注定無法開花結果。同一種手法，前者感性，後者理性，作用迥異。

　　「琴瑟」在中國文學傳統中象徵男女關係和諧，所以詩中的「我」彈着琴瑟追求「她」，但現代「女神」又怎會接受這種「老土」的示愛方式呢，她喜歡另一種音樂，另一種節奏。試想像，如果你在女友窗下朗誦〈關雎〉示愛，你想會有甚麼結果？以古老形式表達現代感情是行不通的。「我」這邊的太陽下山了，「她」正等待陽光初升，所以與其說這是一首情詩，還不如說這是一首剖析愛情失敗原因的詩反而更為貼切。

　　詩人藉《詩經》的形式，寫出了現代的感情關係，同時也提醒「我們」反思古老的形式能不能傳達現代的感情，現代人的抒情方式應是怎樣的呢？

**附錄：《詩經》〈關雎〉**

關關雎鳩，在河之洲。窈窕淑女，君子好逑。
參差荇菜，左右流之。窈窕淑女，寤寐求之。

求之不得，寤寐思服。悠哉悠哉，輾轉反側。

參差荇菜，左右采之。窈窕淑女，琴瑟友之。

參差荇菜，左右芼之。窈窕淑女，鐘鼓樂之。


# 【 注 釋 】

〔1〕　出自朱熹《詩集傳》。

〔2〕　見〈蟬鳴不絕的堅持 —— 與梁秉鈞談他的詩〉，收於王良和著《打開
　　　　詩窗 —— 香港詩人對談》，香港，匯智出版有限公司，二〇〇八年。

〔3〕　同上注。

# 馬蒂斯旺斯教堂

馬蒂斯旺斯教堂是現代藝術大師馬蒂斯在生命的最後階段建造的，他放棄了以往野獸派的強烈和粗狂，用簡單的線條和顏色呈現一種難得的平靜。詩人在二○○六年初訪，寫下這首詩的初稿，二○一一年重新修改，那大約是他去世的前一年。詩人在《普羅旺斯的漢詩》的後記中說：「近年生病了，不能遠行。也寫了一些疾病的詩，但還是非常懷念六七年以來那輯從陽光下的修院和花園開始的詩，那裏面有些東西給予我很大的安慰，在不安定的日子中令我舒懷。我自然便也用了些時間，把散亂的詩稿能找到的找出來，整理成書。希望這些零散的陽光和花瓣，也能為其他在逆境的人，帶來一點安慰。」（《普羅旺斯的漢詩》〈後記〉，二○一二年六月）

## 【文本】

一切到了最後可以如此簡約

任天氣作主
陽光走它走慣的路
帶來四時不同的色彩
在不可逆轉的生命過程裏
也總有柔美的事物

你可以比梨子更綠
比南瓜更多橘色
如今賞盡生命的盛宴
但見：
母親　嬰兒
天空
雲朵
一個穿着僧袍的人
葉子
花朵
生命的樹

我們坐在這兒
看着從玻璃傳來的光影變化
不同的顏色
在我們的臉上變明變暗
每個人都可以
懷抱希望

二〇〇六年・二〇一二年

# 【賞析】

## 每個人都可以懷抱希望

你說你不知道應該怎樣分析這首詩。

不知道怎樣分析那就不要分析好了，何不索性放下分析的心，任自然作主，坐在教堂內享受一下陽光，欣賞一下四季的顏色，看看光影變化？詩人不是已說了嘛，「一切到了最後可以如此簡約」，畫家、詩人，嘗盡生命的盛宴，靜坐下來，欣賞生命中柔美的事物。

> 母親　嬰兒
>
> 天空
>
> 雲朵
>
> 一個穿着僧袍的人
>
> 葉子
>
> 花朵
>
> 生命的樹

一切都是這樣的平和簡潔，不需要多餘的形容詞，不必用修辭技巧，詩人以最簡單直接的文字寫最基本的物質，傳達最後的溫暖。在多年前的一篇文章中，詩人說過，馬蒂斯的作品「那麼明亮溫暖，確是有一種康復的力量，可以照得臥病的人好轉的。」[1] 在三十多年後，他也以同樣的方式，為在困苦中的人帶來安慰。

對的，生命並不一定都是甜美的，有明有暗，但面對生命不可逆轉的過程，詩人說：

每個人都可以

懷抱希望


來到生命的最後階段，詩人帶給我們這個訊息。我明白了，謝謝你。


# 【注釋】

〔1〕 〈老人〉，一九七七年九月，見《山光水影》，香港，博益出版社，
一九八五年。

# 中編：散文

當我們指着前面對出去的海上的雲說像甚麼生物，他也說：

「像老虎一樣。」可是，那團雲更像一頭綿羊或水牛，然後，

當我們坐得夠久，輕浮的嘩笑的聲音逐漸靜默下來，就可以

看見它慢慢移動，散開，一條腿緩緩分裂出來，絲縷的雲像

崩塌的牆壁冒出的煙塵，無聲的碎屑散落歸向太空。

# 書與街道

## 【題解】

本文收入也斯第一本散文集《灰鴿早晨的話》中，那年作者才二十歲出頭。台灣詩人夏宇提到高中時代偶然在書店翻到這書，欣喜於讀到這麼「青春而又乾淨的語言」[1]，相信很多人都有第一次接觸到這本書時的驚艷感覺，好想多認識那隻灰鴿。

王璞在《書與街道》的〈序〉中作過這樣的詮釋：「書是輕的，現實卻是沉重的，書是虛幻，街道是現實；虛幻輕現實重……都有其美好之處，所以這篇散文讀起來很愜意。」閱讀本文，可以先從這個角度出發，也不妨留意一下文中提到的作家或藝術家的名字，也可以了解一下作家葉輝認為也斯的散文命名中「與」的「中間詩學」。

## 【文本】

住的地方塵埃特別多。起初搬來的時候不曉得，早上打開窗子出門

去，回來時架上的書本都蒙上一層塵埃。以後有好幾個早晨無緣無故想起葛蒂沙小説裏的一句話：「布宜諾斯艾利斯也許真是一個清潔的城市，但這只不過是因為它的市民打掃得勤快罷了。」有好一陣子腦中只是反反覆覆的這一句話。書本中的塵埃暫時取代了生活中的塵埃，彷彿也真有點迷迷濛濛。然後，走到街上，風一吹，才又覺得那句話也許並不貼切，甚至也沒有甚麼幽默了。

住所樓下是修理汽車的，這一帶路上最多見的是汽車，其次要算狗了。你可以在這裏找到最奇形怪狀的汽車，當然，你也可以找到最奇形怪狀的狗，但怎麼也比不上汽車。每天都有不同的破車擱在修理行門前。走過時可以看見吹管的膠喉盤捲在地上，手持的管口噴出火焰；給汽車噴油時空氣中充滿了顏色的霧氣和油漆的香味。修理汽車的人臥在地上，從汽車底伸出半截身子來；或者蹲在一旁把一塊鐵片鎚圓；或者站在車旁，用抹布揩着補過鐵灰的車子，好像揩着他們自己身上的一個傷口。汽車與人連結成一體，這些汽車彷彿是活的，你可以給它們安上人性化的形容詞，你可以説它們是笑歪了嘴巴或者砸掉了天靈蓋的，至少，比起用布裹起拋在理髮店前邊溝邊的那隻死狗來，它們是更有生命的了。理髮店的理髮匠們在比較清淡的鐘點圍在對街幾爿舖子的寵物店門前 —— 寵物就是狗的意思 —— 他們沒事可做的時候就跑到那裏看狗，也許他們是為了看那個下午來替狗化妝的日本女子。

汽車就亂擱在修理行門前，反正這裏是橫街，經過的車輛並不擠迫。樓上的住客有時找不到停車位置也託下面的人看着車子，警察來時修理行的人就打電話上去叫他們下來把車開走。對這樣的事情他們自有他們的一套規矩。在外面一瞥只是看見噴漆噴得一團黃一團綠的車身、用舊報紙覆着的車窗和輪胎、拆下來的零件、鐵撬、抹布、鐵棒、膠喉、吹管、油漆、電源變壓器，和許多你叫不出名字的用具。可是它們確是有它們各

自的名字，和一個包含着它們和跟它們有關連的人與事的世界，如果你不能使用那種言語就很難進入那個世界了。

單單一些汽車是沒有那麼複雜的。你看看它們碎裂的玻璃窗和凹陷的車頭蓋，你猜想它的歷史，你告訴自己發生了甚麼事，你幾乎可以聽見當時煞車的聲音和人們的尖叫，加快跳動的脈搏與張惶。當然那些人們也有他們的歷史，你繼續添上一兩個人物，補充一些細節，你自由地加油添醋，它們也不會反駁你。汽車是這樣，狗卻不同，牠們有時會躺下來曬太陽，可是牠們也會單獨跑進電梯裏或者在街上打架，還有，在半夜蹲在一輛汽車旁邊的小狗是叫人難忘的。

街道上永遠有不同的汽車和狗供你臆度，即使是同樣的汽車和狗，每次的感覺都不盡相同。每次走過這些街道的感覺都是不同的，就像每次重看同一本書的感覺都是不同的。每次翻閱帶來新的聯想與印象。記憶中的書本跟環境、跟物質，有時也跟人物產生連繫：跟雨天的車廂、跟熱茶的味道、跟疾病、跟殺蟲藥的氣味、跟某人的一句話、跟寒冷、跟倚窗望出去蒼白的夜半街頭的景象相連，跟鎖匙、跟羽毛、跟琉璃、跟雨傘、跟水瓶、跟橡皮擦、跟絲綢的感覺或是跟鐵器拍擊的聲音相連，甚至跟飄飛的塵埃相連，甚至，跟你走過的街道的印象相連。當你想起這一樣的時候連帶想起那一樣。像代數的數字一般可以互相取換。某人在經過銀幕街時説：「這就是你説走過時想起張愛玲的作品的地方？」解釋是不容易的。怎樣解釋一所上海館子的橙色燈光加上賣栗子的攤子加上洗衣舖的一縷縷蒸氣竟然會等於白流蘇或潘汝良或王嬌蕊的世界？解釋是不容易的。説起張愛玲的作品，現在最先想起的是曼楨房中那方曬餿的毛巾和聶傳慶額頭抵在藤箱上印下的凹凸的痕跡。然而在「聯想」的公式中等號的兩邊並不真相等。那些毛巾與痕跡，現在也許已經是我自己腦中摻進許多聯想與解釋而積累成的一個籠統的概念了。

韓尼・馬格萊有一幅畫用蘋果來代替畫中人的臉孔，那些喜歡用書本中的經驗來代替現實生活經驗的人們底肖像大概就要在臉上掛一本書。比較起來當然是蘋果比較有趣點，而且聽起來沒有那麼傷感。有人説書本是一種逃避，不過可不是只有書本裏的才是一個幻想的奇特世界，有時街頭的世界是更奇怪、更難以置信的。

　　喜歡街道的人的肖像大概就是在臉上掛一條街了。

　　這附近的街道可以説並不美麗，至少一個植物愛好者會這樣説。這裏根本沒有夾道的樹木，否則人就要被迫遷徙了。不過這裏不是要説一個植物愛好者的故事。還是説人和街道，或者説，街道和人吧。第一個印象是跟我住的地方隔開三四條街的那所雪糕廠，有一趟從它難得敞開的大門望進去，我看見上千的鐵罐子。要這麼多鐵罐子來做甚麼？不曉得。守門的印度人一個人坐在矮凳上，在盈千的鐵罐子的背景中顯得孤掌難鳴。另一趟，我看見裏面擺着數不清的玻璃瓶。

　　空空的玻璃瓶。物質總是複數的。這些街道上充滿性質不同的舖子，走過一間你看見幾十把掃帚，另一間是幾千個藥瓶，一排排的原子筆，或者一疊疊的元寶溪錢。連寵物店近日也在櫥窗上擺滿一瓶瓶的洗身水、消化劑、防蟲劑、杜蝨劑，終有一天杜蝨劑會比蝨子還多。隔開一道橫巷的上海館子有一天在門前放了個大籮筐，老闆正在把裏面的東西掏進一個盆子裏，走近一看，整箱全是酸蒜。街上一陣風捲起無數紙屑。

　　「現實」不願意讓它的觀眾捱悶，使物質以複數或者放大的形態出現使人驚奇。可是在這附近碰見的人反而都是單數的或者少數的。單獨坐在停在陰影處的汽車中的男子、在一輛工程車房邊的行人路上的乞丐、沿街搭的攤位中熨衣服的婦人、喝一口水朝陽光噴出來的小孩、站在水族館前凝神的老人 ── 我有一次遠遠看見其中一個水族箱裏有一個會張開的貝殼，等我走近時牠已經合上，我站在老人的身旁等待，可是牠再也不張開

了，只有幾尾笨重的魚在苔綠的冰中張嘴。還有一個獨臂的送報人，憑着單車，把報紙扔上沒有電梯的幾幢較矮的屋子的三樓或四樓去；還有傍晚時分在餐室獨自吃着煙倉魚的中年男子；有一次在那邊停車場外的石墩上坐着個老婦人，不曉得為甚麼坐在那裏，她頭上裹着鮮紅的頭巾，像一個老印第安人，因為某些時代或地域的錯誤而出現在這陌生的地方；另外一趟有兩個痴胖的男子站在街口，其中一個正在滿頭大汗吃力地談話，走過時聽見他的聲音卻是拔尖的女聲，使人聽來吃了一驚，以為是有另外一個人附上他身體假借他的嘴巴說話。

如果一些異乎尋常的事情出現在書本裏，也許就要求一個合理的解釋，或者構成一個圓滿的象徵了。可是當它們一絲一忽地補綴成一條街道，你走過時看來卻沒有甚麼異議，也許你知道發問也是徒勞的，也許你自己給它一個圓滿的解釋，你看到它們的凌亂時你覺得它們沒有經過細心安排，你看到它們身上冥冥中存在的某種秩序時又相信它們並不是隨便亂湊在一起。現實的世界並不缺乏奇特，同樣它也不缺乏矛盾。書本不能帶人離開這種矛盾，也不能帶人離開這個世界。如果你坐在公共汽車的車廂裏讀包蓋士的短篇，日後回想起來，那個幻想的星球的一角裏，也依稀添進一個破口大罵把乘客推下車去的售票員的影子呢。

一九七〇年

## 【賞析】

### 連繫的秘方

本文先由最微不足道的塵埃寫起，寫早上打開窗出門，回家後書本都

蒙上一層塵埃，於是想到阿根廷作家葛蒂沙短篇小說裏的一句話，作者指出：「書本中的塵埃暫時取代了生活中的塵埃，彷彿也真有點迷迷濛濛。」誠如王璞所言，書是虛的，街道是實的。人們接受書本所寫奇特而矛盾的人和事，其實街道上所呈現的現實，何嘗也不可以奇特而矛盾？在作者筆下，二者可以互相轉換，互相參照，互相融合，「現實生活並不缺乏奇特，同樣它也不缺乏矛盾。書本不能帶人離開這種矛盾，也不能帶人離開這個世界」。孟子說：「盡信書不如無書。」我們不能藉着書本逃離現實，但書本可以提升我們對現實的認識，令我們的人生變得更為豐盛，教我們學會從多角度去思考問題，遇到問題時，我們不應只出現「一個籠統的概念」，也不應只要求「一個合理的解釋」，因為現實本來就是有很多可能的。

也斯的生活離不開文藝，對文藝往往有十分獨到的見解，本文透過觀察與聯想，就把現實與書本（文學藝術）的世界結合起來，流露出個人的文藝觀，連繫得十分自然。本文出現過的作家或藝術家，就有葛蒂沙、張愛玲、韓尼·馬格萊、包蓋士等，這些名字和作品，年輕的讀者可能不大認識，但沒有關係，我們小時候唸唐詩，對詩中的旨趣、意境或象徵，也不一定全都明白，日後重讀，或於人生中某一刻遇到某人，某一點遇到某事，那詩句自然重生，重新燃點，賦予更美麗的生命。那麼，作者提到的作家，姑且留在腦海，日後是會重泛出來的。

也斯一些散文，愛用兩種表面上看來不相關的事物命題，中間用一「與」字連繫起來，例如〈秋與牙痛〉、〈斷夢與斷想〉、〈歌與餡餅〉、〈雨與胡士托〉……作家葉輝稱之為「與」的「中間詩學」，是也斯「總是不甘心將自己的想法規限於一個書寫的對象」，用一個「與」字或「和」字展現「一個矛盾而複雜的世界」。[2] 所以，文章多不是只描寫平面的一瞥，而是呈現不同角度，跨越不同的藝術領域，如將不同國家的文學、電

影、繪畫、雕塑、攝影都拉扯進來，令他的散文變得立體，滿有不同情調，即使寫的是本地風貌，觸及的卻不圍於一地，不圍於一個時代，那種越界的特色，恐怕真是要讀過不少書（或觀賞過不少藝術作品），經過細膩的觀察，並有真切的感受，才可以寫得出來的。閱讀、觀察、思考，從來就是奠定一個作家寫作基礎的不二法門。

# 【注釋】

〔1〕 見〈「與」的「中間詩學」——重讀青年也斯的散文〉，收錄於曾卓然主編《也斯的散文藝術》，香港，三聯書店（香港）有限公司，二〇一五年。

〔2〕 同上注。

# 遠去的人

年輕人觸覺敏銳，善感多情，心境也較為澄澈，一旦遇上投契的朋友，性格或與自己不同，或因看法相異而經常爭辯不休，卻從中發現對方的優點，彌補自己的不足，於是引為知己。可是，經過一段日子後，這個人遠去了，隔了一段距離，「照自己所想的形象塑造對方，把對方美化，簡化為一個概念」，記憶與現實出現落差，對方「複雜的性格變成只剩一個鮮明的形象」，有人甘心如此，但作者似乎不想這樣，努力重塑這位朋友的原貌，即使落入美化的想像，仍為人詬病，但朋友已遠去，縱有缺失與不足，都微笑着接受吧。

## 【文本】

聽說你又一次遠去，我是看別人寫你才曉得的。遠去或許是好的。有人說遠去可以製造一段距離，令朋友覺得彼此可以忍受。因為對方缺席

了，自己就可以隨意設想，照自己所想的形象塑造對方，把對方美化，簡化為一個概念，那就一切都容易接受。我始終覺得，困難的是兩個朋友如何相處、如何接受轉變與經歷磨擦、如何分享又如何發覺有些事情無法分享。那種無可奈何的感覺使人不快，那種接觸帶來挑戰，時日帶來考驗。而一旦遠去，就只剩想像，沒有行動；只剩過濾的記憶，沒有參差的現實的反駁。複雜的性格變成只剩一個鮮明的形象了。

而你，是一個可以留給別人鮮明印象的人，所以描寫你總是容易的。

記得第一次見到你的時候，不知是在學生休息室還是甚麼地方、就被你不羈的行為和侃侃而談的態度激怒了，那時我年青很多，所以就冷冷地說：事情未必是這樣的⋯⋯這就開始了我們的爭辯，也開始了我們的友誼。

總是從談話開始⋯⋯你從沒有興趣去旅行，對電影也不熱心、只是談話。在談話中，我們逐漸發現彼此興趣相近的地方。當我們在膳堂或學校的草地上相遇，就總是談個不休。有時，比方說，我們會逃課，賴在膳堂喝咖啡，只為討論布祿東「空氣在她玻璃的股上」那樣美妙的句子。

你是個一開始就給予人強烈印象的人。那時我們在同一所學校讀書，大家都對那種腐敗的制度、那些弄權的系主任和註冊主任不滿。但當我充滿怨言，你卻能遂於行動的快感。你可以在不高興的時候，不理教授的喃喃自語，就這樣推門走出課堂；你在早會上發出噓聲，並且當着那個猥瑣的註冊主任面前，作出叫他嚇得半死的行為。我當時沒有想這方法對不對，卻全然佩服你行動的勇氣。為了吸引一個女孩子，你從二樓跳到操場上。

你一次又一次躍下、喊叫，推門離開，你確是給人留下印象的人。即使不是用動作，你也可以用言語說出。你是最佳的談話對手，可以把一件事敘述得栩栩如生，可以把意見表達得堅持而又婉轉。你的言語是你的

外貌的反面：世故、寬大、幽默而且豐富。在你凌亂的頭髮和衣服、棱角的外貌底下，你的言語卻總是有條理、有趣味，而且總是為人着想的。這就像你的詩，儘管你是個某方面看來頗為粗豪的人，它們卻溫柔、婉約而且簡短。我所見的不多，但已興奮於這新一面的發現，也許是第一個向別人推薦它們的人吧，我甚至把它們寄往別的地方了。就像我把你介紹給其他的朋友一樣。

那時我們都熱心於溝通，熱心於把自己所有的與別人分享。我們曾經許多夜晚在咖啡室中深談；我記得，有一所咖啡室有一列臨街的窗子，牆上有一副白色的面具，就跟你家中牆上的一副面具一樣。我們在那裏談到許多舊俄小說中那些寬大開朗的人物，以及根據這些小說改編而成的電影。現在，我偶然會回到那所餐廳吃飯，不過那兒現在已改變許多：名字換了；添上賣餅的櫥窗，窗子不再臨街；幽雅清潔的牆上出現了絲絲污漬和裂紋；而且，牆上也沒有了那副白色的面具。

當我最先找尋葛蒂沙的集子，是你替我找來的；知道我喜愛杜布菲的畫，有一年，你特別找來他繪的一張聖誕卡……但當然，最難得也最有心思的禮物還是你的說話。你說那些過去的朋友：那個唸佛而家中堆滿了佛像的友人，那個狂放的寫詩的人，他們現在都活在另一個地方，一個跟這裏如此不同的地方。你是離開那裏遠去而來到這裏的，在那裏的時候，你曾因為甚麼也不做、甚麼會也不開而備受批判；來到這裏，你許多時仍是沉坐在你家的藤椅上，甚麼也不想做。你幸運的地方是你總可以離開那裏，「遠去」來到這裏，現在又離開這裏，「遠去」到別的地方去。你那些友人留在背後，過那些不堪的日子，你給我繪畫了他們的形象；至於那些畫、那些詩，你沒有給我看過，你都丟失了。但你用說話描繪使它們成為一種形象。一些遙遠、不可觸及而可以懷念的東西。

等到我們先後離開學校，那些在草地上閒談的日子就成為過去了。

我立即就開始幹不願幹的工作，負上沉沉的責任，這條路直到現在還未走得好。比我好的是，你更率性、更不妥協；而比我幸運的是：你即使不妥協不工作生活也沒有問題。於是當我輾轉從一份工作跳到另一份，你仍是無言地坐在家中，或者踱長長的夜路。

生活、環境和各自的朋友使我們逐漸疏遠。然後你去了外國。那是你第一次遠去。無疑我替你高興，甚至是羨慕你的。生活教曉我有些事無法拋下，不能猝然離開。而你，飄然遠去，沒多久，過了幾個月吧，又回來了。

當我們再見面的時候，我原以為會有一次熱烈的談話。但你只是搖搖頭說：並沒有看到甚麼。你說你原以為打算逗留許久，還有許多時間去看事情，但臨時決定回來，就哪裏也沒有去。你有你的消沉，但逐漸我沒法了解那原因在哪裏；正如我的煩惱如藤如蔓，糾纏不清，但也很難跟你談及。於是我們就只是談那些遠去與消失了的事。

談到現況，談到無法改變的將來，話中就好像有了顧忌，避開那些分歧，只能說些安全的、過去了的人和事。等到說盡了遠去的，話便斷斷續續地熄滅下去，只剩窗外無邊的黑暗。

偶然，我們還會碰到，見面的時候，有時你給我看新寫的詩，而且你談到怎樣寫它們。你說起來是精彩的，你的想法，你想表達的東西，你的聯想和敘述的話語，使我看你的詩時覺得它們表達不出你所說的東西。它們的調子仍然輕柔。當然，你雖寫得簡單，但也從不粗糙，許多時仍然有好的句子。我只是不同意你那些迷信靈感一湧即成的觀念。

我看詩的判斷可能自信，但對生活上的取捨卻一天比一天猶豫。無疑在各方面我們都無意地走上不同的路。你狂放、採取直接的行動，順從感情的突然起伏；我卻過分猶豫，思慮多於行動。要等我們相距了這麼遠，然後我才發覺你的一面其實有不少優點，但相處的時候卻只見距離。

正如較早時，你好意替我們做了一個訪問記錄，我卻覺得遺漏太多，不夠準確。你一定嫌我過於苛刻地要求完美，我卻無法忍受突然而來的放任，還有凡事做不好就立即放棄不做的態度。距離或許就這樣形成的。

後來，我偶然還會聽到遇見過你的人告訴我說你夠狂夠放。我自然也欣賞你率性行動的勇氣，但我原來更欣賞的是你為人着想，能夠從事物中有所發現而與人分享的一面。是你那一面逐漸隱退，還是被過強的外貌遮掩而不為人發現呢？

我不知道。

這亦只是個平凡的故事。許多人嘗試溝通，偶然，他們成功，然後逐漸又回到那無言的灰暗的地帶。

後來，你出版了一本詩集。我看了，也看到別人對你的一些讚揚。我沒有說甚麼。我想，於你來說，可以有勁去做一點甚麼，至少是比甚麼也不做更快樂一點吧。

最後一次在路上遇見你，我說：我們去喝杯咖啡吧。斷續的沉默以後，我們談到了詩。你寫了最近的幾首給我看。這一首，你說，是看了那位意大利導演回中國拍攝的那部電影後寫的，你說到你遠離了的故鄉，你說到片中那些女孩給你的感動，那些髮的感覺。你這樣說着，而你看着我，好像要我坦白說點甚麼。我說：聽你這樣說，我明白你想說的是甚麼；但只是看詩本身，卻沒有這麼多。是否還沒有把你的感受說出來呢？而你就立即說：如果你是喜歡長一點的詩，這首倒是長點……說着你又寫了首長點的給我看。但當然，我指的並不是長度。又比如這一首，我指着另一首說，給我一個形象，裏面有一點感覺，但好像還未出來，就已經完了。我們談到表達的問題，你說：有些詩描寫得很準確，但沒有意思，沒有感情，那又有甚麼道理呢？我說，這樣說是對的，但有了感情，寫的時候，有時還是沒法把那複雜的感情傳達出來。

當時我們總好像談不攏的樣子。但過了這麼久，現在一切都可以變成一個微笑了。我們那時並不曉得，光是這樣，兩個人坐在咖啡館中，爭辯一些諸如詩這樣的問題，已經是十分難得的光景。可以把話說出來，即使爭論，也比充滿狐疑的沉默好。

　　然而我們結果卻只是沉默下去。當話說完，便只剩下外邊街道上殘瑣的聲音。每次想到一個話題，要說出口，便想到二人之間那愈來愈遠的距離，又打消了說出來的意思。話就像煙圈，一個一個冒升，未形成又消散了。偌大的咖啡館空蕩蕩的，開着過冷的冷氣。

　　或許那不是煙圈，那是雲。就像你詩中說的那樣，你乘上一朵，在孤靜的山谷上面，徐徐遠去。過了很長的一段時間沒有見面，然後最近聽說你又到外國去了。

　　現在隔了這麼遠，我也不知怎的竟會說起你來。當人遠去，就變成一個形象。隔開一段距離，就甚麼都不要緊。只有在最接近的時候，兩個人才會因為對方竟然對某些事這樣想這樣看而覺得奇怪，兩個人才會竭力想幫助對方並因為幫助不成而生氣，才會不願意看見對方太受過去影響不能過現在的生活等等……但一旦隔開，便自然瀟灑了，一切只是一片遠去的雲，而雲，是可以欣賞的。

　　我說一切都可以變成一個微笑了。我說你，其實我也想到別的人。不光是你和我，而是任何一個人和另一個人。無端受阻於現實的瑣事，反而可以容納遙遠的形象。已經有人說我把你過分美化。或許並不是，只是隔去真實接觸的侵蝕，一切容易接受得多；不再設法改變人與人之間那些無法改變的分歧，或許就可以微笑了。我抬頭看見一朵雲無言遠去，而我仍走在人來人往的灰塵的路上。

一九七五年

## 【賞析】

### 和自己性情不同的朋友

「我」在文中稱這個朋友為「你」。讀本文，就像讀着一封信。

「我」在大學時認識「你」，「被你不羈的行為和侃侃而談的態度激怒了」，二人的友誼，始於爭辯。

二人都喜歡談話，談詩，談小說，批評校政。「你是最佳的談話對手」。「我充滿怨言，你卻能遂於行動的快感」，上課時，「你」可以因不滿教授而推門走出課堂；不高興時可以在早會上發出噓聲；當着猥瑣的註冊主任，做出嚇得他半死的行為；為了吸引一個女孩子，膽敢從二樓跳到操場上。這樣「出位」的人，言行一致的勇氣，令「我」佩服。

「你」外貌頗為粗豪，但「言語卻總是有條理、有趣味」，一如「你」寫的詩，「溫柔、婉約而且簡短」，熱心與人溝通，和人分享，粗中有細。

奇妙的是，「你」有些「過去」的朋友，「現在都活在另一個地方，一個跟這裏如此不同的地方」，「你是離開那裏遠去而來到這裏的」，而「你」在那裏，可以甚麼也不做，不用開會，不會受到批判。來到這裏，「你」也可以離開，「遠去」到別的地方去。很費解吧？「你」曾為這些朋友繪成畫，但都丟失了，不過可以用說話描繪一遍，是「一些遙遠、不可觸及而可以懷念的東西」。

離開學校後，「我」要為工作而「負上沉沉的責任」，路不好走；而「你」卻不妥協、率性而為，寧願「無言地坐在家中，或者踱長長的夜路」，「然後你去了外國。那是你第一次遠去」。幾個月後，「你」又回來了。會面時，「你」的消沉，「我」的煩惱，一時難以言喻。「你」把新寫的詩給「我」看，這些詩調子輕柔，簡單而粗糙，「我」認為這些詩有感覺，但如何把複雜的感情傳達出來才更重要。

二人在生活上所走的路不同，「你」狂放，行動直接；「我」過分猶豫，思慮多於行動。但「你」突然的放任，做事不夠堅持的態度，是「我」無法忍受的。「你」為人着想的優點，但過強的外貌遮掩而不為人發現。

　　然後，「我們總好像談不攏的樣子」，不過，有爭論比充滿狐疑的沉默好。雙方的距離，可能愈來愈遠，話就像煙圈，也許是一片遠去的雲。長久沒見，又聽說「你」到外國去了。二人之間有分歧，很難改變，也不必設法改變，或許就可以微笑了。一如「我抬頭看見一朵雲無言遠去，而我仍走在人來人往的灰塵的路上」。

　　這樣一個遠去的人，值得作者去寫。

# 石也活着

## 【題解】

　　古人說：「讀萬卷書，行萬里路。」現代人接觸手機，恐怕要比細讀實體書多許多；透過快捷先進的交通工具，如飛機，在碳排放不斷污染下，「飛行里數」早就累積到何止萬里。現代人旅遊的模式，愈來愈趨向一致：吃喝玩樂，瘋狂購物，到此一遊，上網打打卡，貼貼照片，到過的地方必然比徐霞客多。問題是走馬看花，觀察是否深入？體會是否深刻？又當別論。

　　本文最早收入《神話午餐》一書，是也斯在一九七六年浪遊台灣時所寫散文的其中一篇。作者描寫的對象表面上是佳洛水的奇岩怪石，除了比較和野柳所見的石頭有何不同外，值得留意的，是作者對風景的觸覺，注入得更多的，是他對生命和藝術的看法。

# 【文本】

　　北部的野柳，是一個石的勝地。那裏有不少奇形的怪石。鄭愁予也曾寫過詩，名為《野柳岬歸省》：

> 蒼茫自腋下升起　這時分
> 多麼多麼地思飲
> 待捧隻圓月那種巨樽
> 在諸神⋯⋯我的弟兄間傳遞

　　他自己在後記裏説：「那些立石有神的情操和兄弟般的面貌。十餘年來，我愛擠在他們中間，一面飲酒，常常不能自已⋯⋯」

　　但當我去到野柳，是在陽光的正午，遊人多得不得了，都擠在石頭的旁邊，叫人很難相信詩人可以坐在那兒飲酒寫詩。野柳的石頭著名，是因為它們有各種奇怪的形狀，被人改了各種固定的名字：如女皇頭、日本婦人像、二十四孝山、鶯歌石、情人石、石象、龍頭、仙女鞋等等，石頭長得像人或是動物或是常見的物件，自然叫人好奇，遊客到了那兒，都要站在石頭旁邊，拍照留念。

　　後來我們到了南方，便去恆春附近的佳洛水，那兒是新開發的旅遊地點，也以怪石著名，據説與野柳齊名，但卻自有風格，與野柳不同。

　　在野柳，是沙地上有一個一個石像，到了佳洛水，感覺卻是不同的。極目看去，是一大片漫長的石灘，它上面都是石。野柳的石比較規則、溫文，佳洛水的石卻很野、很亂、很狂。野柳的石，有易於辨認的形狀，比如這塊石頭，從這個固定的位置看去，像一個龍頭；那一塊，像一隻鷹，又另一塊，像壽桃。看了，都會説：「呀，那不是甚麼甚麼嗎？」

但佳洛水的石卻不是這樣的。它們沒有固定的形狀。好像還是在蓬勃地生長的生物，你說不出是哪一種生物，因為它們好像是幾種生物的混合體，是混合而成的一種未命名的新生物。

　　它沒有標誌說明，叫你從這一個角度去看就會看到它像一個龍頭。它既巨大又嶙峋，你可以從前後、左右，從每一個角度去看，你可以撫摸它、擁抱它、坐在那兒或是躺下來。它們粗重而笨拙，你不必小心翼翼，害怕會弄碎它。不，它是不會碎的，你大可以碰撞它，跟它鬥牛、摔角、踢它一腳。既然它能抵受這麼多年的風吹雨打，能留下來的也能抵受一切了。它沒有標誌，沒有範圍，沒有對遊客的說明，你不知道它從哪兒開始，到哪兒結束。它不像野柳的石頭，是劃定的一組名勝。它從海到山，連綿不絕，是自然的奇景。它的美麗不是纖巧的美，而是笨拙、堅韌、經歷風霜的美。它不需要搭上木架，圍上繩子，或是放到美術館去，它就在那裏，人們爬過、踩過、讚嘆或是聳聳肩表示沒啥好看，也無損它一分。

　　它暴露在陽光和海浪之間，這些嶙峋的黑石上蝕出了細洞，或留下尖削的鑿痕，或是古老的石紋。在石的紋理上可以看到它的年輪，那是它生長的痕跡。它彷彿也仍在生長，在生長的過程中留下疤痕。但它有粗壯的生命力，接受一切改變和衝擊，仍然活得那麼旺盛。它不是脆弱的，也不害怕接觸。你可以跟它打架，吵嘴，仍然可以欣賞它，讚美它。這是一種最強韌的關係，地老天荒的。佳洛水的石頭也分成許多種，有些是蝕出一個個小小的圓洞，是連綿的蜂巢；有些是塊塊扁平的板岩；有些是淡棕色，比較平滑；有些則是巨大奇形如生物。但我們說起來，都是說佳洛水的石，因為它們好像都融為一體了。許多種不同的石，但它們不是壁壘分明地各佔一個地域；它們像水也像火，奔流，飛竄，淹沒了邊界。各種不同的石齊聚在一起，結合在一起，看不出區分。就是那麼自然地生長，像沙灘伸入海洋，樹從泥土中往上抽高。它們並不互相拒斥，而是像生命一

般蕪雜、包容、而又經得起考驗。

佳洛水的石像生物，是怎樣的生物？

它不是狗兒或者馬兒，它沒有一個像哪一種動物的形狀，但卻整體上有生物的感覺。如果要問：那有幾個頭顱的是甚麼生物，那有巨大的翅膀和胸腹的是甚麼生物？我們一定答不上來。但我們卻可以感覺到那種躍動的氣氛，那種海浪中的咆哮。

野柳的石，已經被人加上神仙和帝皇的稱呼：如仙桃，仙女鞋，女皇頭或者星座。佳洛水的石，卻像是人和動物，那種洶湧的蠕蠕而動的生命，你甚至可以聽見喘息的聲音。

彷彿是史前的時代，人和獸正在掙扎求生，大地上一片混沌，還未整理出秩序來。那邊一羣巨大的海龜，爬上沙灘產卵，空中有盤旋的巨鷹，正在伺機衝下。一羣海象和海豚，在沙灘和岩石間跳躍，聽見了聲音 —— 不知是不是人的呼喊 —— 各自轉過頭去張望，有些望向海洋，有些望回陸上，另一些，徬徨地仰首或俯視。每一個頭顱望向一個不同的方向。而在那邊，在泥濘中伏着的，是堅忍的牛還是兇猛的虎？牠身上也滿是泥濘，模樣也看不清了。而在更遠一點的地方，那巨大的黑影又是甚麼？是恐龍，是怪獸，是一頭獸翻轉的屍體，抑或是一個巨大的陷阱？蛙羣咯咯鳴叫，跳躍起來，那麼巨大的蛙，像一頭小牛。在另一邊，潮水浸到的地方，有些甚麼正在蠢蠢欲動。躍動、呼喊、尚未被馴服的生命……它們都留下來了，在極目無盡的海洋和山崖之間。

一九七六年

# 【賞析】

## 石頭的生命

古人寫遊記，多不會純粹寫景敘事，往往別有懷抱。讀過柳宗元的〈始得西山宴遊記〉一文，都知道作者借景喻人，流露個人不屑與世俗同流合污的孤高情懷，寫出與大自然冥合的天人合一境界。也斯這篇遊記，沒有柳宗元懷才不遇的慨嘆，卻流露出他對景物以外的關切所在，可以視為他對生命和美學的一則簡短的宣言。

本文先從鄭愁予一首寫野柳的詩寫起，指出野柳遊人太多，很難相信像鄭愁予那樣留下來飲酒寫詩。然後比較二地石頭的不同：「野柳的石比較規則、溫文，佳洛水的石卻很野、很亂、很狂。」野柳的石，都給命上與生物相類的名字。可能是人們都希望自然與人事相通，很多自然名勝都逃不掉被命名的命運，名字固定了，聯想力也就給局限下來，這應是作者最不樂見的。他指出佳洛水的石沒有固定的形狀，「好像還是在蓬勃地生長的生物，你說不出是哪一種生物，因為它們好像是幾種生物的混合體，是混合而成的一種未命名的新生物」。其實文學藝術何嘗不是如此？任憑批評家把一篇作品分析得如何玲瓏剔透，也可能陷入只圍於某一種分析的窠臼，反而不美。

作者認為佳洛水的石，可觸可抱可坐可臥，看法可能與中國山水畫「臥遊山水」的精神相通。「它從海到山，連綿不絕，是自然的奇景」。如果作者是畫家，可能會採取山水畫的「散點透視」法來臨摹這些風景，而不只用單一角度來看。「它的美麗不是纖巧的美，而是笨拙、堅韌、經歷風霜的美」。美不應只有一種，藝術品本來就源於生活，不一定要放進美術館去，標籤一個名字，才有人懂得欣賞。

迅清認為本文表達作者對生命的看法。「在石的紋理上可以看到它的

年輪，那是它生長的痕跡。它彷彿也仍在生長，在生長的過程中留下疤痕。但它有粗壯的生命力，接受一切改變和衝擊，仍然活得那麼旺盛。它不是脆弱的，也不害怕接觸」。迅清認為作者「描寫平凡的事物，從平凡裏發現不平凡的本質。雖然是笨拙的東西，但也斯寫出它的意義。所以這些並不單是風景了，也斯關心風景以外，也許我們可以說是『風景的觸覺』」。[1]作者認為這些石頭，「它們並不互相拒斥，而是像生命一般蕪雜、包容、而又經得起考驗」。生命，本來就該是這樣。

## 【注釋】

[1] 見〈風景的觸角 觸角的風景 —— 談也斯的《神話午餐》〉，收於曾卓然主編《也斯的散文藝術》，香港，三聯書店（香港）有限公司，二〇一五年。

# 賴床

## 【題解】

也斯的散文，往往不愛用艱澀的詞彙，也不濫用陳言套語，平實、準確地寫來，帶出背後的感情，又蘊含詩意，最是難得。

本文的描寫對象，應是作者唸幼稚園的兒子，以兒子賴床的事為素材。這樣平凡的題材，恐怕沒有甚麼人會認為值得寫，但作者寫來，生動傳神，修辭技巧尤其不落俗套，又隱隱然流露出為人父母對孩子的關愛之情，可謂文質俱佳。

## 【文本】

孩子不願意上學，躺在沙發上不願意睜開眼睛。一件軟綿綿的糕點，抬起了頭掉下了腿，抬起了腿，頭還是貼在那裏，拉不開來。輕得沒有骨骼的布娃娃，扶正了又向另一邊歪倒，拗彎了讓它坐，卻彈平了躺下去。搓濕了的泥巴，黏着沙發的平面，用力扯起來，彷彿會連椅腳也一併

彈起。那份沉甸的重量，是孩子連起了沙發、連到地板，連到整幢大廈、連到昨夜沉沉的睡眠，沒法一下子拉起來、一下子連根拔起。

濕冷的毛巾抹過臉孔。頭連忙翻向裏邊，在沙發下陷的窩裏，臉孔是雞蛋碰到雞蛋。雞蛋是溫暖的，敲開來是一個太陽。太陽還未升起，早晨仍然幼嫩，不願意張開眼睛，看外面開始行走的車子和塵埃。

手伸起來，伸一個懶腰，小小的拳頭，推開電視機新聞報告中的成人血腥。頭在窩裏左右磨擦，不要聽撕票和抗議。頭髮凌亂，鳥兒潮濕的羽毛。早上清潤的啁啾。頭在窩裏左右磨擦，找一雙更大的安全的羽翼。

汽車在窗旁開動馬達，又咳嗽又喘氣，整啩痰在喉嚨裏開會，不依程序，互相打岔，記錄的在敲桌子，不知如何下筆。孩子用腳撐開騷擾。小小的腳上穿着短褲和長襪。一橫一橫的長襪。深色淺色。踏着不存在的水車，給夢發電。雙腳是風中的稻草人，趕開啄食他的睡眠又要告訴他白日已經來臨的那些烏鴉。

頸項和面頰的線條柔軟，是那軟枕中的千羽世界。又熱又軟的麵包和無數盒中的糖果，不用掙扎和哀求即可獲得，叫人在夢中磨牙。現在再翻一個身，推開隨白日而來的嘈吵、幼稚園中的受傷。沉重的呼吸，已經匿回窩裏。稍一碰到身體，惹起一陣羽毛的哆嗦，眼睛閉得更緊，避開更強的光線、更響亮的聲音。

一九七七年，一九八九年


## 【賞析】

### 貪戀沙發的小孩

賴床，恐怕人人都試過吧？賴床可能源於好逸惡勞的惰性，可能是一

時鬧情緒，也可能是怕面對現實的壓力。小孩定性不夠，仍未學懂如何刻苦面對困境，仍未掌握一套成年人應對環境轉變的機制，賴床的比例，應該比成年人高。

劈頭第一句，作者說：「孩子不願意上學，躺在沙發上不願意睜開眼睛。」誰都經歷過這個階段吧。從孩子的角度來看，上學可是最痛苦的事；而這時，床（或沙發）便是最可親可戀的東西了。

作者這樣描寫這個貪戀沙發的小孩：「一個軟綿綿的糕點」、「輕得沒有骨骼的布娃娃」，比喻用得真出色。還不止呢，他寫到大人想把他從沙發拉起來，「那份沉甸的重量，用力扯起來，彷彿連起了沙發、連到地板，連到整幢大廈、連到昨夜沉沉的睡眠，沒法一下子拉起來，一下子連根拔起」。一連串排比鋪寫下來，把孩子的「堅持」寫活了，還帶點魔幻寫實。「沙發下陷的窩裏，臉孔是雞蛋碰到雞蛋。雞蛋是溫暖的，敲開來是一個太陽。太陽還未升起，早晨仍然幼嫩」。老師不是教過我們借喻、頂真、擬人、聯想或象徵麼？但如人云亦云，就沒有新意，原來散文可以這樣寫，這真是最好的創作示範。

這躲在窩中的小鳥，為甚麼懼怕接觸外面的世界呢？他伸出小小的拳頭，原來是想「推開電視機新聞報告中的成人血腥」，「不要聽撕票和抗議」，不只成人世界，原來孩子的世界都受到爭鬥暴力的污染，幼稚園也不見得安全：「推開隨白日而來的嘈吵、幼稚園中的受傷。」你把他凌空拉起，他「踏着不存在的水車，給夢發電。雙腳是風中的稻草人，趕開啄食他睡眠又要告訴他白日已經來臨的那些烏鴉」。成人創造出來紛擾的世界，真的適合純潔無瑕的小孩麼？他寧可退回夢與睡眠之中，在不真實的童話世界中保留童真與安寧。

對於孩子賴床，沒責罵，沒恐嚇，沒發脾氣，但切切暗藏關懷、諒解與安慰，不着一字，父母愛子女之情，卻盡在其中矣。

# 美人魚和野兔
## ——談聶魯達的兩首童話詩

## 【題解】

　　在床邊向孩子講故事，讓他們進入甜蜜的夢鄉，編織純淨無瑕的夢，似乎是童話的作用。

　　不過，家喻戶曉的安徒生童話，很多就帶有悲劇意味。也斯讀安徒生的〈海的女兒〉和〈賣火柴的女孩〉，想起聶魯達的兩首童話詩，抒發對這兩首詩的感受，認為安徒生和聶魯達「二人見證了世界的黑暗混亂，而又仍保有一份赤子之心，珍惜世間的人情溫暖。所以，安徒生的一些童話是詩，而聶魯達的一些詩也是童話」。亞里士多德在《詩學》一書指出：悲劇可以引發哀憐與恐懼之情，達到淨化心靈的效果。童話或童話詩，縱有不圓滿的結局，正可令心靈得以淨化、人格得以昇華。透過文學，抱持赤子之心，珍惜人情溫暖，相信這也是作者的心聲吧。

## 【文本】

　　安徒生生於一八〇五年，聶魯達生於一九〇四，剛好相差了一個世紀。但我最近重讀安徒生的童話，看到〈海的女兒〉，可想起聶魯達的詩來了：

　　她赤裸地走進來時，
　　這羣人全在裏面。
　　他們喝了酒，吐在她身上。
　　她剛從河裏來，甚麼也不曉得。
　　她是一尾迷途的人魚。
　　人們的笑罵從她閃光的肌膚上流下來。
　　猥褻的話淋濕了她金色的胸脯。
　　不知道眼淚，她並沒有哭泣。
　　不知道衣裳，她並沒有穿戴。
　　他們用煙蒂和燒熱的瓶塞灼她，
　　並且咯咯大笑，在酒館的地板上打滾。
　　她沒有說甚麼，因為她不懂話語。
　　她的眼睛是遙遠的愛的顏色，
　　她的雙臂比得上黃玉。
　　她的嘴唇在珊瑚的光芒中無聲噏動，
　　最後，她從那扇門離開了。
　　她一旦進入河裏便再變得潔淨，
　　再像雨中的一顆白色石子那麼發光；
　　她頭也不回地游開去，

游向空無，游向她的死亡。

（〈人魚和醉漢的童話〉）

　　聶魯達的人魚有更現實的遭遇，她迷了路，走進一所酒吧，被醉漢嘲笑凌虐。安徒生的人魚不惜犧牲一切，為了做一個人，她認為做一個人是值得驕傲的，從她的作為裏，我們看到人的可敬的素質，在她悲劇的下場中，也帶着對人類善行的期望。可是也許世界真是變得愈來愈壞，人性愈來愈卑下，百年之後聶魯達的人魚遇見的人，就盡是殘酷暴力的人了。所以這人魚找不到她的愛情，也不想變成人，絕望到了極點，只是靜靜退回海裏尋死。不過這兩尾人魚都有相同的地方，就是她們都是那麼美麗、相信愛情，簡直是作者對美好素質的寄望。聶魯達的人魚死於人類世界的冷漠無情，又使我們想到安徒生的〈賣火柴的女孩〉。但更像這故事的，也許是聶魯達的另一首詩：

在秋天的微光裏

在公路上

一個男孩子手裏持着的

不是燈籠

或花瓣

而是一頭死野兔。

許多汽車衝過

寒冷的公路

那些臉孔

罩在擋風玻璃下。

金屬的

眼球

和敵意的

耳朵，

牙齒匆忙地

把燈光咬得噼啪作響

轉入海洋和城市中；

而一個孩子

和一隻野兔

在秋天裏

害羞得

像薊的種子，

堅硬得

像燧石，

向汽車隊伍的煙塵

舉起他的手，

沒有誰慢下來。

茶褐色

在山脊上

在山峰頂

被追獵的美洲豹的色彩，

沉默

變得

兇猛。

煤屑，黑鑽石。

孩子和野兔的

眼睛

兩面刀上

豎起的

尖端。

兩把黑色的小匕首,

一個失落的

小孩

的眼睛,

他提出

一隻野兔的死亡

在路上

向下急斜下去的那兒。

(〈持着野兔的男孩〉)

在這詩裏,一個小男孩持着一隻死去的野兔站在公路上,但經過的
車輛對他毫不理會,那些臉孔罩在擋風玻璃裏,那些眼球是無感覺的金
屬,那些耳朵滿懷敵意不願聆聽。孩子舉起手,告訴那些經過的人這隻野
兔被車撞死了。但他們都是冷冰冰的,在這些車隊的煙塵裏,他顯得多渺
小,多無能為力呢!然而他既溫柔又堅決(害羞得像薊的種子,堅硬得像
燧石),既能感覺一隻野兔的死,又會堅持把這事告訴他人。他的眼睛發
出光輝,像「兩把黑色的小匕首」,戳指着人們的心。

聶魯達筆下的小孩和美人魚,都不能見容於這個殘酷的世界,一個
受到漠視,一個受到欺凌,然而他們的存在,便已是對這個走入歧途的世
界的批評了。

在安徒生那時代，丹麥社會混亂，貧富不均，加以銀行倒閉、工商業破產、小市民過着貧困絕望的生活。在聶魯達的時代，世界並沒有變得更好，他所見的貧困和不公平更多了。然而有一點相同的是，兩人見證了世界的黑暗混亂，而又仍保有一份赤子之心，珍惜世間的人情與溫暖。所以安徒生的一些童話是詩，而聶魯達的一些詩也是童話。安徒生初期寫詩、小說、戲劇、又學唱歌，終於鬱鬱不得志，到了三十歲那年，他寫信給朋友說，要開始為孩子們寫童話，他要「爭取未來的一代」。聶魯達被人漠視了許久，近年世界才又轉過來接納他，現在新的一代，又開始讀他的詩了。

一九七七年

## 【賞析】

### 赤子之心的展示

〈海的女兒〉中的人魚，為了和心愛的王子一起在陸地上生活，以自己美妙的嗓音和三百年的生命，換來巫婆的藥酒。於是，她有了腿，但每走一步，都疼痛不已。但只要王子對她微笑，她便會忘記痛苦。為了成全王子的幸福，最後退回海裏，化身為泡沫。作者說：「從她的作為裏，我們看到人的可敬的素質，在她悲劇的下場中，也帶着對人類善行的期望。」

一百年後，聶魯達寫了〈人魚和醉漢的童話〉這首詩，人魚離開了水，仍是「帶着對人類善行的期望」，可是她迷了路，誤闖進了酒吧，在聶魯達筆下，她「不知道眼淚，她並沒有哭泣。/ 不知道衣裳，她並沒有

穿戴／……她沒有說甚麼，因為她不懂話語」，比初生的嬰孩還要純真，卻遇到的醉漢嘲笑凌虐。「最後，她從那扇門離開了。／她一旦進入河裏便再變得潔淨，／再像雨中的一顆白色石子那麼發光」，她失望極了，寧可「游向空無，游向她的死亡」。

　　人類世界即使不盡是殘酷暴力，也到處是冷漠無情，〈賣火柴的女孩〉就是其中一例。在寒冷的聖誕夜，一個女孩在街上賣火柴，因抵受不住寒冷，但不敢回家，瑟縮在牆角，點燃火柴來取暖，最後凍死在街頭。不過，大概安徒生不忍心故事太悲慘，安排了女孩含笑而逝，是她的祖母把她的靈魂帶上天堂去的結局。

　　於是，作者又想到聶魯達另一首詩〈持着野兔的男孩〉。男孩持着一隻被汽車撞死的野兔，站在寒冷的公路上，但沒有汽車肯停下來，「那些臉孔／罩在擋風玻璃下。／金屬的／眼球／和敵意的／耳朵，／牙齒匆忙地／把燈光咬得噼啪作響」，他換來冷漠和敵意的對待，但他「害羞得／像薊的種子，／堅硬得／像燧石」，儘管渺小但溫柔，雖然無能為力仍意志堅決。詩人以煤屑、黑鑽石來形容孩子和野兔的眼睛，作者說：「他的眼睛發出光輝，像『兩把黑色的小匕首』，戳指着人們的心」。人們的赤子之心，似乎早已消失，貪圖安逸，追求速度，卻漠視生命，冷待一個小孩微小而溫情的要求。

　　作者認為「聶魯達寫美人魚和野兔，就像童話一樣，運用了人類世界以外的生物來說故事，給予人類世界一個批評」。他引述一個拉美文學教授的說法，指出「聶魯達就像那尾人魚，和人類殘暴的短暫接觸使他退回海中」；但他倒覺得「詩人其實是那個站在公路上的孩子，向這個冷漠世界車羣訴說一隻野兔的死亡」。我們也相信，作者也斯何嘗不也是不滿人間的殘酷暴力、冷漠無情？但他對人類美好質素仍存有寄望，也一直透過文學作品來表達這些不滿與寄望。

# 母親

## 【題解】

　　古往今來的作家，以母親為題的作品不少。歌頌母親的慈愛偉大，為子女作出犧牲而不求回報的美德，從來就無人非議。但要寫得不落俗套，寫得清新，不誇張，不流於說教，就較難得。也斯這篇〈母親〉，篇幅雖短，取材新鮮，透過瓜果與花朵，鮮明亮麗，刻畫出一位和氣可親、願意吃虧而熱愛生命的母親形象，如站在讀者目前。

## 【文本】

　　肥大紫藍色的茄子，像個好脾氣胖婦人，躺在那兒睡着了。夢見旁邊圓滾滾的紅番茄；還有大大的苦瓜，像個滿臉皺紋的老頭兒，笑起來，滿臉的皺紋都跟着笑，一點也不苦澀。

　　起先是母親買了茄子回來做「魚香茄子」，她說沒見過那麼肥胖的茄子，像一個人粗壯渾圓的臂胳，拿給我們看；又順手把圓熟的紅番茄放在

碟邊，再加上綠色的辣椒和苦瓜、黃色的玉蜀黍，像一盆花那樣放在客廳裏，這麼多飽滿的顏色，全放在一個碟上，看來叫人垂涎。

母親喜歡花，往市場買菜，常常帶回一束花，叫屋裏忽然一下子明亮起來。平凡的日常生活裏，總有不同開態的花朵，在屋子的角落生長。她又照顧盆栽，告訴我們花的生命。她長久料理它們，偶然來訪的人客，或許只看到綠葉裏掙出的一朵紅花，或許只看到一片枯葉。

母親的花朵不是為了客人，她喜歡屋子裏有盛開的東西。她做事比誰都盡責、煮菜比誰都出色，她負起許多責任，料理那麼多事情，實在是辛勞的。但她沒有埋怨，還一直喜歡花朵。

童年的時候，常常不明白母親為甚麼願意吃虧，有時人家欺負她善良，她明知也不計較。我心裏總是生氣。但母親不是軟弱的人，她在最大的逆境中挨過來了，那種強韌的生命力，就這樣是看不到的。現在我長大了，知道這裏頭有值得學習的地方。對人的善意和不計較，正是心如花朵的一面。

看過母親年輕時的照片，相信她當時是燦爛的。我知道她年輕時演白話劇，看新文藝雜誌和西洋電影。不過戰亂以來的二十多三十年，在生活中一定失去了不少東西。經歷那麼多挫折，失去最心愛的事物，又掙扎那麼多年，現在才好像站定下來透一口氣；但經過這麼多，她絲毫沒有辛酸的怨氣，還欣賞做飯時買來的平凡茄子明艷的容顏。


## 【賞析】

### 樂觀而有趣的母親

本文第一段，像一幅靜物素描。作者將茄子比喻為「好脾氣胖婦人、

躺在那兒睡着了」，卻「夢見旁邊圓滾滾的紅番茄」和「像個滿臉皺紋的老頭兒」的苦瓜，「笑起來，滿臉的皺紋都跟着笑，一點也不苦澀」。這素描不但充滿色彩，其中的比喻和擬人，就用得清新自然。作者寫瓜也寫人，讀者從現實中總可以找到類似的人物，讀來教人會心微笑。

接着第二段，讀者才知道原來是母親要做菜，把茄子、番茄、辣椒、玉蜀黍和苦瓜，一股腦兒放在一起，「這麼多飽滿的顏色」，除了視覺上的滿足外，還「叫人垂涎」，為文章定下喜悅的調子。這位母親說沒見過那麼肥胖的茄子，「像一個人粗壯渾圓的臂膊」，比喻用得這麼鮮活，一如作者，這位母親也該是樂觀而有趣的。

這位母親悉心佈置的瓜果，「像一盆花那樣放在客廳裏」。她喜歡花，買菜時經常帶一束花回家，長久料理花卉和盆栽，「她喜歡屋子裏有盛開的東西」，令居室變得明亮，滿有生命。這位母親除了煮菜出色，還要負起許多責任，卻從不抱怨。作者說童年時不明白為甚麼母親願意吃虧，有時人家欺負她善良，她也不計較，到長大了，便「知道這裏頭有值得學習的地方。對人的善意和不計較，正是心如花朵的一面」。

作者看過他母親年輕時的照片，知道她年輕時演過白話劇，看新文藝雜誌和西洋電影，相信她曾經燦爛過。經過戰亂，面對過逆境。失去心愛的事物，有人會變得怨恨或暴戾，變得冷酷無情；但這位母親雖然也飽經磨難，終於捱了過來，卻「絲毫沒有辛酸的怨氣，還欣賞做飯時買來的平凡茄子明艷的容顏」，對生活滿懷熱情。作者在首段寫茄子像脾氣好的婦人，寫苦瓜都會笑，「一點也不苦澀」，何嘗不是寫她？有人認為這兩母子「彼此都能自微小的日常生活裏看出趣味，大概有着源於母親的遺傳吧！」[1] 其實也可能因為一位有這樣美好質素的母親，言傳身教，自然會影響到她的兒子。

從沒有人這樣寫過母親，這麼一位不尋常的母親，教人相信，這形象不是也斯塑造出來的，而是真實的存在。

# 【 注 釋 】

〔1〕 見〈詠頌飲食作家也斯〉，收於曾卓然主編《也斯的散文藝術》，香港，三聯書店（香港）有限公司，二〇一五年。

# 與葛拉軾遊新界

## 【題解】

　　「有朋自遠方來，不亦樂乎？」一位朋友遠道而來，你會為他安排甚麼活動呢？一九七八年，來自德國的作家葛拉軾，也斯為他安排了一趟新界之旅。見面之前，也斯連夜翻查資料，背誦了一些統計數字；但見面後，對方沒有問起任何數字。最後，作者明白到「他是那種關心人多於關心數字、相信自己的觀察多於相信宣傳的人」，這樣有趣的一個作家，作者寫他的手，寫他對食物和對孩子的態度，寫他的緩慢和對香港的了解。五個角度，不同的細節，一個外貌和衣着平凡的人物，慢慢就變得鮮活立體起來。此外，文章滲入對葛拉軾作品的認識，也流露出作者對香港文學備受誤解的惋惜之情，都是值得關注的。

## 【文本】

### 手

　　當葛拉軾從人叢中走過來，他看來跟任何一個普通人沒有兩樣。他穿一件深褐色的燈芯絨上衣，個子壯碩而不高大，上唇留着鬍髭。是的，當我們看一個人，不是往往最先留意他的面貌和衣着？而這些東西，又卻告訴了我們那麼少。然後他伸出手來，他的握手堅定有力。那是一雙石匠和雕刻家的手，那也是寫出了六本小說和其他詩及戲劇作品的手。他的手並不過分柔軟、並不冒汗或退縮，他的手也不過分強硬、粗暴或侵略性。在路上，他的手用來捲煙，從膠袋中取出煙絲捲成紙煙，他吸了一根又一根，這是他的手藝。當他談話時，他的手用來具體顯示他所説的事物的大小和形狀。他的手沒有閒置，他的手沒有緊握拳頭舉起呼喊口號。他喜歡手造的事物，他希望看見農夫和工人，那些用手工作的人，跟他們談話。他買了一個藤篋。他不喜歡機器，他説自己不會駕車，不懂操作一具攝影機（他太太負責拍照）。他説沒興趣拍電影，因為機器太麻煩了。他説自己是個老派的人，只是寫小説。他的手用以創作和煮食。去年他剛寫完一本七百頁的小説。去年他五十歲生日時，煮了一頓供幾十人吃的大餐。他臨走那天，我剛好碰見他，他帶着一根木頭，説是帶回去給他女兒雕刻。他女兒喜歡木雕，他説：「她喜歡用手造東西，就像父親一樣。」説着，他張開兩手。他一定是以徒手創造事物為榮的人。

### 食物

　　我們走過沙田的街市，他對沿街擺賣的東西，那些蔬菜和食物，感到興趣。他似乎真的喜歡走在這些早晨買菜的人們之間，他想知道這些人住在那兒。那些綠色和棕色的醃菜、鮮紅色的魚肉、灰色的鵪鶉，他自然

地在其中走過，不是漠不關心，也不是遊客的過分好奇。偶然他在那些巨大的灰螺前停下來，有時他想知道那正在游泳的是鹹水魚還是淡水魚，他說自己也常吃某種蔬菜。一個熟悉和喜愛市場的人！這給予我一種親切的感覺。在走回去的路上，他告訴我說他喜歡市場，因為那兒是食物的總滙，一個社會裏人們的生活，具體表現在人們所吃的東西上面。他說在他的新小說《比目魚》裏，就是以食物的沿革，寫出整個歐洲歷史的演進。他認為歷史上馬鈴薯之發現，較諸普魯士佛特力大帝的功績還要重要得多，如果沒有馬鈴薯，工業革命和平民階級的興起根本就不可能。《比目魚》開始於石器時代直至現在，把神話與詩、政治與抒情混合在一起，經由一尾年老智慧的比目魚，表達出來。《比目魚》共有九章，每一章獻給一位廚師。他喜歡寫食物，一方面因為他自己喜歡吃，另一方面，則是他認為食物是最根本的東西，最能反映人們根本的生活狀態，人們習慣吃甚麼和不吃甚麼，反映了社會、政治和宗教的影響。我問他可有甚麼不吃的？他想了想，說沒有甚麼不吃。我想他正該是個沒有甚麼不吃的人。當然，他笑着補充一句：剛才看見的那些千年蛋（皮蛋）我還未試過，不敢肯定。我向他保證它們並非放了千年，而且確是可口，尤其與酸薑同食。在粉嶺的時候，我們看見路旁售賣的鹵水雞腳，一個外國人說他最害怕這些東西，我說並沒有甚麼可怕，葛拉軾聳聳肩說：「為甚麼不可以吃呢？」對，為甚麼不可以吃呢？葛拉軾咀嚼一切，他的洋洋巨著裏，嚐遍甜酸苦辣，打破一切政治和性愛的禁忌，表達人生經驗的全體。

吃飯的時候，我們坐在深井小店露天的枱旁，在工人們之間，葛拉軾看來悠然自得。他成功地運用筷子，夾了一塊燒鴨。他認為它們十分美味。他說他可以煮美味的菜，他拿手的菜是蒜茸羊腿、牛肚、扁豆、馬鈴薯湯、魚湯……。他說到近月與他的譯者開會，討論翻譯他新著的疑難，一連幾個星期，到了最後那一次，他自己下廚，煮了一頓美味的食物

給譯者吃，因為他說開會那兒的伙食太糟。而且，他說，要他們譯這麼一本充滿食物的書，光是譯沒得吃，太不公平呀。他是一個會想到別人的腸胃的人。他對一些政治教條存疑是因為它們引不起他的胃口。他不相信口頭上的宣傳，要用自己的舌頭分辨味道。他在羅馬尼亞旅行時，去到一所飯店中，那兒本有許多平民在吃飯，但因為官方款待他們，把人都趕走了，又額外鋪上桌布。這反而教他食不下嚥。進食這樣簡單平常的事，不又是正如他所說，反映了許多？

### 孩子

葛拉軾喜歡孩子。在粉嶺，我們在樹間前行，他太太與旁邊的一隊小學生招呼微笑。在我沒遇到他以前，從書本的印象所得，他是一個尖銳的社會批評家。他的作品充滿嘲諷。但葛拉軾本人，卻善良而且為人着想。他一方面好像並不固執，隨便到哪裏逛逛都可以，因為他的興趣實在是這麼廣泛，看甚麼都可以接受；但另一方面，一旦決定了甚麼，他其實又十分堅持。比如在港時他堅持拒絕了一些他認為沒有意義的邀請。他對那些老朽而迂腐的事物充滿批評，但對新生的事物則充滿善意。他談社會民主黨的政見，他說對政治的看法，另一方面他又順從他太太敏感的指頭，望向路旁一株紅棉末梢的顏色，或者沙田附近半山墳上一環紫花。他喜歡生長的東西。在粉嶺的時候，我們站在一所學校外面，看孩子們嬉戲。那裏原是一所廟宇，現在改成學堂，裏面的教師善意地與我們招呼，我們便走進去看看了。在廟裏面，佛像仍在那裏，但在祭壇的前面，現在放了一張乒乓球桌，孩子們正在打球。兩翼的地方，闢為課室，傳來孩子們的聲音。在頭上，鳥兒飛來飛去，而在當中，昔日人們焚香拜佛的地方，現在兩個白衣的小孩，正在興高采烈的把球搓來搓去，暗金色的佛像在後面默默看着，有了這麼熱鬧的孩子們，祂一定不再寂寞了。我們站在

那兒，看着這奇異的混合。葛拉軾笑得很開心，他說：「佛一定從來未試過像現在這樣有這麼多樂趣。」在外面，白衣藍褲的男孩在踢球，女孩在踢毽，滿地陽光，葛拉軾開心地在他們之間緩緩走過。

他與前妻安娜有五個兒女，現在這妻子原有自己的兒女，都住在一起，他說喜歡大家庭，熱熱鬧鬧。他上一本小說《蝸牛的日記》的寫法就是回答孩子提出的問題，解釋自己的政治信念、為甚麼在一九六九年協助社會民主黨競選，在助選的過程中又見到甚麼。那語氣是一種溫和幽默的語氣，好像父親跟四個兒女談話 —— 不是絕對權威，相反，是提出懷疑。這書中一個虛構人物，就是叫做「懷疑」。他說最喜歡的花朵，就是淡灰色的懷疑主義。他顯然不以為自己是權威，也無意叫孩子們走他的路。他告訴我說，他的大兒子二十歲，最近才第一次看他的小說（因為他的女朋友整天在說），看完以後，很奇怪地說：「怎麼，爸爸，你的小說倒寫得不壞呀！」

他再對上一本小說《局部麻醉》直接寫兩代的衝突關係，以現代柏林為背景，寫一個激進學生想燒死自己的愛犬以抗議越戰；而他的一個老師，一直覺得這是自己最有才華的學生，希望勸服他用溫和的改進代替激烈的革命。兩代看法的不同，也是葛拉軾自己面臨的問題。《局部麻醉》出版後，許多原來擁護他的青年批評他，極左派更攻擊他。葛拉軾說：「他們要求的是神、是英雄，我寫的是人。」也許因為他們要求教條的答案，而他則提出疑問吧。孩子們的可愛是他們的生機，還未僵化的能力。所以葛拉軾在《蝸牛的日記》裏向他的孩子們說：「我不相信那些宣稱為了人類的利益而要把香蕉拗直的人。」

### 緩慢

他喜歡的都是一些樸實基本的東西，例如燈芯絨（褐色上衣、深綠

色褲子）、藤器（「我一直想買一個這樣的篋！你說它可以盛得起重物嗎？」）、木、煙草、扁豆、魚……不是浪費而奢侈的，亦不粗陋。平凡，但有口味。葛拉軾樣子樸實，像一個農夫或者石匠（事實上，早年他當過石匠），他並不特別敏感。有時他低下頭，正在那兒捲煙，好像沒有留意別人說話，過了一會，經過另一處，他會說：「這就是那個把沙田弄得那麼糟糕的賽馬會？」你發覺原來他也聽到別人偶然說的話。他並不特別表示他在觀察，但他有觀察力，他不在口頭上表示討好，但他對人有溫和而長遠的善意。

他一定是喜歡慢慢踱步，欣賞事物，緩緩咀嚼。所以他在書中讚美蝸牛，因為蝸牛向前進步，但不急於抵達固定地點。有前進又有後退，因為有懷疑，所以不自以為是。他會喜歡灰色，比目魚是灰色的，懷疑是灰色的。在過去，他懷疑納粹的獨裁，在今日，他又懷疑極左派的教條。他相信改革和進步，但不相信一步登天。所以他像一尾比目魚，貼着海底緩緩前進。他書中的比目魚，由古代游到今日，把牠的見識告訴世人，不管那捕到牠的，是石器時代的漁夫，抑或柏林的婦解分子。

他一定是相當緩慢地工作。他第一本小說《錫鼓》寫了五年。當時他在巴黎，做散工維持生活，收入很少（「有時回德國在人家這裏那裏的團體裏誦詩賺錢，好像遊俠一樣！」）但他繼續寫了五年。當時他有些朋友，也愛好文藝，決定先進政府部門工作，賺夠了錢，再來寫小說。結果，葛拉軾說，他們今日（二十年後）還在那兒，收入愈來愈多，還在談那本沒有寫的小說。（而沒有寫的小說總是最好的！）葛拉軾不談，他寫。他不走捷徑，他一步一步走。他是寓言故事「龜兔賽跑」裏的烏龜，一步一步走到他想去的地方。他最新的小說《比目魚》也寫了五年。他說：「你知道嗎？我覺得長篇小說最困難的地方是如何找尋一個開放的形式，因為寫了幾年下來，小說的想法會逐漸改變。」他贊成修改，最近有

個德國導演要拍《錫鼓》，他說如果由他來編劇，他多半會全部重改一遍。

寫小說是大工程，雕刻也是。所以他在寫小說時不雕刻，畫畫倒是有的。他緩緩工作，修改，迂迴前進。他不輕巧，他是沉重的（書本和體重都一樣）。他不跳躍，他踏步。他貼近地面，像蝸牛和比目魚，感覺周圍的事情，與草蜢發生感情，向石頭提出抗議。他相信緩緩前進，感受一切。有些事情在匆忙中就遺漏了。他在書本中勸告我們，不要像貓兒一般匆匆做愛。

## 香港

汽車在新界的路上，駛上大帽山，駛下荃灣，向青山去。窗外是熟悉的風景，我曾在附近教書，有朋友住在不遠，我來過這裏散步和游泳。但要向一個外國人談到香港往往是困難的，我喜愛香港許多地方和人，但也有許多事物並非我們願意看見它們變成那樣子。我們很難像其他國家的人那樣驕傲地介紹自己的名勝。另一方面也不能置身事外冷嘲熱諷。香港的處境如此微妙，一個偶然經過的外國人可以了解嗎？我懷疑。所以每次有遊客說香港美麗，我懷疑他們是否只是客氣；有人說香港可怕，我又不知道他們真能了解多少。經過文化的隔膜，言語的誤會，我們可以向一個外國人解釋這類複雜的心理嗎？往往我們寧願沉默了。

但葛拉軾不是一個普通的外國人，他是能了解事物的。一見面，他就告訴我香港有點像他的故鄉丹錫。丹錫在歷史上曾是波蘭和普魯士的屬地，後來開放為自由市，到了一九三九年，才劃入德國版圖。但戰後一九四五年開始則重歸波蘭，直至如今。所以在丹錫長大的葛拉軾，絕對了解香港的處境。你看，他不是隨口稱讚香港美麗，不是像一些遊客那樣一邊挑剔一邊掩鼻走過，他在人羣間行走，觀看，而他像小說所作的那樣：尋覓歷史的源頭，作為今日的參考，從並列比較中得出解釋。對他

不熟悉的事物，他以對熟悉事物的了解嘗試去了解它。在鹿頸和沙頭角附近，我們遙望田畝和農舍，説到現在新界許多年青人如何都離鄉到城市或外國去，只留下年老一代。他説：「但這在德國也是一樣呀！」翌日在「作家與社會責任」的座談會上，當有人説到香港作者面臨的困難和阻礙時，他又會嘗試説出自己所認識的人的經驗，表示這些現象並不孤立，是到處都會存在的，是值得正視的問題。

在未遇見葛拉軾以前，我印象中他是個尖鋭而又對社會現象加以嚴厲批評的作者，相信他會要了解多一點香港，所以我連夜翻查資料，借了友人的手冊，又再背誦一些統計數字。直至遇見葛拉軾，我才發覺他沒有一次問起任何統計數字。然後我忽然明白了，他是那種關心人多於關心數字、相信自己的觀察多於相信宣傳資料的人。他會問人的感覺、意見、自己去接觸、思考，然後再想自己的結論。有些人遇見一個工人，就問：「他每個月收入多少？租金多少？他有沒有加入工會？有多少兒女？」然後就可以大做文章了。葛拉軾看見店子裏的人在擔子兩端挑着沉重的光鴨走過，他説：唔，這真是蠻重的，大概有多重多重吧。他只是觀看，嘗試了解，憑自己的肩膀感覺別人肩膀上的重量。許多時他甚至不急於下結論。他不以為他在這麼短的時間內就了解香港，他希望有機會再來。

但他又似乎比許多在香港的外國人更能了解多一點。當日在座談會上，有一個外國人説：香港是一個殖民地，在一九七八年還有殖民地存在是一件荒謬的事，希望葛拉軾先生指示一條路，讓香港作者可以遵循，改變這事實云云。提出這問題的人，漠視實際情況。如果問每個人的意見，相信沒有人樂於生活在殖民地的制度之下。但要改變，和怎樣方式的改變，顯然不該由外國人來決定，尤其不是要由一位來了香港才不過幾天的外國作者來指示的吧？葛拉軾就明理得多，不會這樣發表教條式的指示。還有幾個問題，卻是中國聽眾提出的，其一是提議活用地方性的言語，例

如要求香港作者開會研究如何混入粵語在文字中成為更生動的文字；有人認為文學社會性不夠；又一位女孩子發言，嘲諷地説：「如果我要讀香港的文學，又有甚麼書好看呢？」提出這幾個問題的，是中國人而不是外國人，更使人分外感到惋惜，覺得香港人對香港自己的東西知道得不夠，作者與讀者之間的隔膜和誤解也實在太大了。

　　如果我是那幾位提問的聽眾，一定不敢如此理直氣壯。因為我知道五〇年代以來，香港一直都有不同方式的表現社會面貌的文學作品、一直都有人嘗試把粵語鍛鍊、而且即使香港文學充滿缺點，缺乏關心，沒有出版商出版，但前輩作者結集還是有的。説：「又有甚麼書好看？」未免太輕率了。指出在香港寫作的困難的作者，他們目的不在訴苦，而在指出實況，並無意逃避。香港的作者在不利的情況下，如果他們相信文字，還是會繼續創作的。對於香港作品，可以批評好壞，但如果根本不知道，還要嘲諷它，未免過分。香港人也應該更好好地正視自己所住的地方、周圍的人物、這兒所生長出來的事物了。過去的自卑、封閉、小器、排斥、推諉的風氣也應該改變了吧。希望葛拉軾的出現，他座談會上引起的問題，使我們反省，正視它。最後，葛拉軾在私下和在會上都表示：香港是一個困難也是有趣的地方，希望將來會有人以這地方為題材寫出好好的作品來。葛拉軾説香港像丹錫，我們當然不會忘記，葛拉軾正是以丹錫為背景，寫下頭三本小説《錫鼓》、《貓與老鼠》、《犬年》，合稱丹錫三部曲。在這些充滿侏儒、如鼠的喉核、稻草人和犬羣的怪誕的傳奇底下，葛拉軾一次又一次地重述納粹時期的悲劇，提醒人不要忘記歷史的教訓。這些小説將會流傳下去，叫人反覆閱讀，獲得警惕的。

一九七八年

# 【賞析】

## 惺惺相惜的作家

作者先從葛拉軾的手寫起:「他的握手堅定有力」,「他的手並不過分柔軟、並不冒汗或退縮,他的手也不過分強硬、粗暴或侵略性」,用手來捲煙,說話時用手來比劃事物的大小和形狀,喜歡手造的東西,希望看見用手工作的人,他用手來創作和煮食,「那是一雙石匠和雕刻家的手,那也是寫出了六本小說和其他詩及戲劇作品的手」,很準確地捕捉到這位作家的手,「他一定是以徒手創造事物為榮的人」,教人相信,這雙手的主人,是一個誠懇、樸實、喜歡親身接觸人和事物的人。

這雙手的主人,也喜歡逛市場,對食物感到興趣,喜歡寫食物,「認為食物是最根本的東西,最能反映人們根本的生活狀態,人們習慣吃甚麼和不吃甚麼,反映了社會、政治和宗教的影響」,他懂烹飪,曾親自下廚為他的譯者煮一頓美食,「是一個會想到別人的腸胃的人」,「他不相信口頭上的宣傳,要用自己的舌頭分辨味道」,他要親自嘗試,所以他對一些政治教條存疑,他對食物的態度,原來也反映出他的生活態度。

這雙手的主人,批評老朽而迂腐的事物,卻對新生的事物充滿善意。作者和他走進一所由廟宇改成的學堂,看見兩個孩子在暗金色的佛像前打乒乓球,他笑得很開心,說:「佛一定從來未試過像現在這樣有這麼多樂趣。」外面陽光滿地,他開心地在踢球的男孩和踢毽子的女孩之間緩緩走過。作者捕捉細微的畫面,在意一些不為人注意的瑣事,人物的特質就這樣慢慢流露出來。

這雙手的主人,愛聆聽而有觀察力,喜歡「一些樸實基本的東西」,喜歡慢慢踱步,欣賞事物,緩緩咀嚼,所以他讚美蝸牛,「因為蝸牛向前進步,但不急於抵達固定地點。有前進又有後退,因為有懷疑,所以不自

以為是」，他寫作的速度不快，比起一些說先賺夠了錢才寫、最後還是只談不寫的朋友來說，他腳踏實地，真的去寫，即使用了很長時間才完成。

這雙手的主人，來自歷史上曾是波蘭和普魯士屬地，曾開放為自由市，戰前劃入德國、戰後又重歸波蘭的丹錫，他會「尋覓歷史的源頭，作為今日的參考，從並列比較中得出解釋」，他根據對熟悉事物的了解嘗試去了解香港，透過觀察，不急於下結論，也不流於偏見，不走向極端，正是作家應有的態度。

也斯讀過不少葛拉軾的作品，再親身和他相處，同遊新界，二人對人和事物的看法竟然那麼接近。當年是一九七八年，他負笈美國深造前夕；一九九九年，葛拉軾獲得諾貝爾文學獎，相信作者的喜悅也是在意料之中的。

# 吉澳的雲

## 【題解】

　　也斯在《山水人物》一書的〈前記〉寫道:「我接觸的多是平凡的人物,尋常的風景,於我有道理,便提筆寫下來了。」「(我)從未在失眠的晚上,計劃征服沒人到過的高山;對我來說,有人才有趣……」也斯寫的遊記,不會成為旅遊指南,不是說他的遊記沒有敘事寫景成分,而是他寫出對景物的看法、對人物的感情,更值得讀者細味。葉輝對此指出「發覺」一詞,認為「發覺」對也斯是重要的,他一再在平凡的旅程中發覺「事物的靈魂」。[1]以〈吉澳的雲〉一文為例,透過發覺「事物的靈魂」,歸結到「有人才有趣」,事物與人,有機聯繫在一起,既狀景寫人,又「於我有道理」,寓情於景,成為也斯散文中獨特而亮麗的風景。

## 【文本】

　　吉澳的雲真有點特別。可是,特別的地方在哪裏呢?一時也說不上來。

吉澳是香港最北端一個離島，鄰近沙頭角。每到星期日，才有一班船由馬料水前往。船期：早上十時四十五分，下午五時。時間不多。所以，在吉澳，當你朝着最遠的一片雲走去，很可能結果走到一半，然後就選擇一條分歧的路，彎回來；沒多久，就回到曬着魷魚的村子，回到原來出發的地點。

　　碼頭面向着鴨洲。遠一點：沙頭角；再遠一點：大陸。碼頭背面是澳背塘村，背向這一切。背向這一切的村中近海灘的一所老屋子前面，一對老人家坐在那兒。老公公坐在門前的凳上，阿婆坐在門檻上，他們在看雲。

　　於是你也看雲。你發覺吉澳的雲是有點不同。這裏出產的雲，實鼓鼓的一大團，久久不改變一下姿勢，就像四周連綿的山。老人家坐着，動也不動，看雲；雲也坐在那兒，動也不動，看他們。你簡直會以為他們是打算永遠這樣看下去的。又有一些雲，在山頭，一片一片佈滿藍天，就像碼頭晾曬的魚和魷魚，一尾一尾的，在那裏永遠睡着了。

　　也許，吉澳的雲的秘密是它們不大動。一般的雲走來走去、結合、變幻。這裏的雲卻像這裏的人，懶洋洋坐在樹下、屋內、門邊，看着一星期才來一次把這兒弄得熱鬧起來也骯髒起來的遊客。他們是不動的，彷彿正在搧扇或聽收音機，回憶往昔或懷念離開了的人。

　　我們，剛好相反，時刻都要走動。站在這村子的海灘上，看着大海永恆地沖上來的垃圾，又想是否可以涉水走到對面的小島去。那兒水很淺，退潮時一定可以走過去。但對面那兒也不是甚麼小島，只是一塊露出水面的草地罷了。在那草叢中，那一點白色的是甚麼？一點泡沫？還是一片天上掉下來的雲？

　　「不，是一頭鴨。」

　　「不，不，是一頭白鳥！」

那頭白色的鳥兒，伸縮牠的頸子，一前一後的，好像在啄食或舒伸，動個不停。

「不，那只是一片白紙呀！」

看清楚了，原來是一塊白紙，頂端成長條狀，風吹動了，就好像搖擺的鳥兒的頸子。我們不禁笑起來。在背後，那兩個老人家卻一直沒有注意，我們想像中這頭活動的白鳥。

我們不願留在一個地點。等證實沒法涉水過去，等知道白鳥是虛幻了，我們又打算沿海灣走，看看那邊半山築成的新路。

海灣的路難走，有時是礁石，有時是下陷的軟泥和水窪，有時跑出一頭黑狗來。在沙灘那兒，一列列由大海沖上來的沉積的雜物：膠袋、汽水罐、木枝、垃圾。不過，我們也找出一些時間，抬頭看看天上的白雲。一列列白色、凝定不動，由澄藍天空的大海沖過來的淤積事物。

半山的新路是為了建機場。一幅突出的平台，上面寫着一個 H 字，用作直升機場。這兒是新建成的，將要把飛翔的新事物，降落到這古老的漁村來。新路通向半山，在綠林中劃出泥黃，露出禿石。平台上涼快。有很多風。將來直升機降落的時候，一定帶來更大的風，使兩旁的樹木擺動折腰。

我們，無所事事的，坐在半山的樹蔭下，又用石頭去虐待一顆松樹的松子。

白雲看着我們，並不表示意見。

我們抬頭看雲，看了一會，又不耐煩了。再說，我們的時間也到了。走新路還是舊路回到碼頭？我們想走新路，只是不知要走多久。新路通向遠處一片雲。但在吉澳，因為船期限制，你只能往回走。

於是沿海邊回來。這一次，容易得多。不用踏上水中的石頭，不用摺起褲腳，全是軟泥的地。再想想，原來潮退了。海岸與對開的草地，現

在相連在一起。短短的時間，一切改變了。

　　沒有變的是向着沙灘那所老屋子，和屋前的一對老人。老公公坐在門前的凳上，阿婆坐在門檻上，他們在看雲。

　　我們坐在門前休息，也看雲。這些雲這麼悠閒，像吉澳本地的人。那邊一團雲是坐在碼頭的老人；那邊那團是坐在警崗門前聽收音機天空小説的老人；那邊那團是站在門邊喝啤酒的老婦人；那邊那團是低着頭做膠花的……一個一個老人，兒女離開了，到市區或英國工作，只有他們留下來，在那些攀滿綠色藤蔓的破牆前面。

　　我們問老公公在這兒住了多久。「二十多年了，」他説。當我們指着前面對出去的海上的雲説像甚麼生物，他也説：「像老虎一樣。」可是，那團雲更像一頭綿羊或水牛，然後，當我們坐得夠久，輕浮的嘩笑的聲音逐漸靜默下來，就可以看見它慢慢移動，散開，一條腿緩緩分裂出來，絲縷的雲像崩塌的牆壁冒出的煙塵，無聲的碎屑散落歸向太空。

一九七八年

## 【賞析】

### 可堪細嚼的雲

　　王維有兩句詩：「行到水窮處，坐看雲起時」，千古傳誦，但作者並沒有沿用王維詩意，而是就地取材，結合當地的人，把「看雲」翻出另一層意思來。

　　文章開首寫道：「吉澳的雲真有點特別。可是，特別的地方在哪裏呢？一時也說不上來。」賣了關子，似乎要把「特別」之處留待後面才揭

曉。透過作者敏銳的觀察，環境、氣氛的營造，人物互涉，情景交融，並不是一下子道出來，而是一點一點的凝聚，愈讀到後面，文章的韻味愈見濃密，隱藏在背後的感情才慢慢滲透而出，含蓄蘊藉，相當自然。

作者剛踏足吉澳這個離島，便觀察到一對老人，坐下來看雲，於是也看雲：「這裏出產的雲，實鼓鼓的一大團，久久不改變一下姿勢，就像四周連綿的山。老人家坐着，動也不動，看雲；雲也坐在那兒，動也不動，看他們。你簡直會以為他們是打算永遠這樣看下去的。」寫雲的不動如山，其實也是寫人的不動，反過來亦然，可以說是人景互合。「這裏的雲卻像這裏的人，懶洋洋坐在樹下、屋內、門邊……」

然而，坐着看雲的是甚麼人呢？都是老人。甚至在島上繞了個圈回來，作者發覺那對老人連坐的位置都絲毫未變，仍坐着看雲。這裏的老人似乎都無所事事，只有懶洋洋地看雲。慢慢讀下去，就發覺作者寫老人的悠閒，只是表面，關鍵在於「一個一個老人，兒女離開了，到市區或英國工作，只有他們留下來，在那些攀滿綠色藤蔓的破牆前面」，寫雲，是烘托老人的寂寞，「他們是不動的，彷彿正在搧扇或聽收音機，回憶往昔或懷念離開了的人」，回憶往昔、懷念遠人，似乎是老人可堪咀嚼的晚景，雲無大變化，留下來的回憶和懷念，也近乎永恆。這裏的年輕人都離開了，留下老人們，如藤蔓依附着破牆生活下去。作者的比喻，往往取自目前，總是用得那麼貼切自然，一點不着痕跡。這類比喻，文中俯拾皆是。

文章末段，寫他們問坐下來看雲的老公公海上的雲像甚麼生物時，他說像老虎，但他們覺得「那團雲更像一頭綿羊或水牛」。這裏應該不是故意和老人唱反調，而是借物喻人，指出這個在這島上住了二十多年的老人，一點也不像老虎的兇殘，而是馴良似綿羊、勤奮如水牛，默默耕耘，把兒女撫養成人，兒女遠走高飛後，仍一直守護家園而全無怨言。讚揚老人，卻一點也不過火，寫來含蓄，意味深長。

最後，作者這樣寫雲：「它慢慢移動，散開，一條腿緩緩分裂出來，絲縷的雲像崩塌的牆壁冒出的煙塵，無聲的碎屑散落歸向太空」，既寫出雲最終會消散的命運，於人，何嘗不然？這樣收筆，可謂餘音裊裊，不絕如縷，回味無窮。


# 【注釋】

〔1〕　見〈也斯散文中的山水和人物〉，收於曾卓然主編《也斯的散文藝術》，香港，三聯書店（香港）有限公司，二〇一五年。

# 在地下車讀詩

## 【題解】

　　一座現代城市要發展，向高空、也要向地下爭取空間，地鐵似乎是必然的產物。龐大的地下「機械血管」朝四方八面延伸，隆隆的節奏，金屬的車廂，擁擠的人羣，有人認為在這樣冷峻而繁忙的氛圍中讀詩，似乎格格不入，甚至是荒謬的事。這篇散文，寫於一九八四年，當時作者在港大任教，藉着在地鐵車廂裏為準備一堂英詩課，思緒不斷在現實與回憶間遊走，一時參照英詩文本，揣摩着該選甚麼詩來給學生閱讀，一時又不忘觀察周遭人物和神態的活動，以對面一個為應付考試正努力背誦英文筆記的年輕學生作對比，指出看一首詩應有的態度，暗示在這個紛擾的現代社會中，求知與做人也應有真切的體會，不要失去個性。

## 【文本】

　　灰灰的外衣。織針一上一下。渴睡的臉孔。早晨的百葉簾還未拉

開。一個人坐在那裏，不自覺地向另一個人滑過去，彼此連忙各自移開。拉上的百葉簾拉得更緊。座位間留下比剛才更闊的空間。車在太子站停下，一下子湧上來滿車的人，把空間都填滿了。我又低下頭，準備手上的英詩。七時三十分的葉慈或艾略特或奧登，不見得比毛衣或早報或商業英語更加荒謬。一個年輕的學生，在對面努力記憶手上的英文筆記。同樣是打字的白紙罷了。同樣的時時分心，讓眼前的世界湧進紙上的世界。人羣中這些臉孔的魅影：潮濕黝黑樹幹上的花瓣。有了地下鐵路，香港學生會對龐德的地下鐵路車站感受深一點嗎？城市是轉變了。站在月台的這一邊，隔着陷下去的軌道，眼睛睜着對面一張大大的廣告。我們走了很長的路來到這裏，美國香煙廣告企圖左右你的看法，說服你照它的意思才是一個獨立女性。我離開的時候還沒有地下鐵路，也還沒有許多其他東西。所以你一回來就着涼了，敢情你忘了這城市冬天的氣溫。地下車隆隆駛近來，又隆隆駛開去。在黑暗中隱沒。總有一些灰暗的，黏滯的東西，逐漸圍攏過來，環繞在事物周圍，令事情失去光彩。我擠在地下車的人羣裏，留意看一個空着的扶手如何努力隱藏它的顫慄。我望出窗外，看見許多煩躁的臉孔。我坐在等候「釣泥蜢」的計程車裏，忍受着早晨節目主持人對人生和愛情一些定型的見解。人生就是這樣了。一些混濁的煙霧，逐漸圍攏過來。黃昏攤開朝着天空，好似病人麻醉在手術桌上。但也許講艾略特也是不夠的。我們這一代一開始就接受了艾略特對城市的看法，然後愈長大就愈離開他，希望有一個更廣大更澄明的世界。那些潮濕的靈魂，沮喪地發芽。應該還有別的甚麼才好。我們對面的年輕的靈魂，不要再沮喪地發芽吧！他們生長在不同的背景之下，有自己的生命，需要找出自己的看法。我寧願講聶魯達，在課程裏偷偷插上孩子的腳。我寧願講里爾克。讀了葉慈的麗達與天鵝也來比較讀讀里爾克的麗達吧，那不是關於暴力，那是關於愛的。來讀讀奧登吧，看他怎樣寫過澳門和香港，寫過一個中國的

士兵變成泥土，為了叫有山，有水，有房子的地方也可以有人。奧登也寫過香港？你一定很奇怪了吧？你一定以為，英詩就是一些陌生、遙遠，毫無關連又必須苦苦背誦的東西？糾纏在過去中六的考試課程、種種關於詩體和節拍和押韻的規則、讀音和生字中，只有朦朦朧朧的了解，老師抄下的模範答案。本來有生命的英詩，不是很容易也變成資料？變成生硬的、破碎的，與現實無關的東西？車在太子站停下，一下子湧上來滿車的人。我們擠在人羣裏，談對一首詩的解釋，四周默默垂首的人，也進入我們所說的詩句之間了。當你在課室裏說到佛洛斯特的樹，你的手無意中就會指到窗外實在生長在那裏的一列綠樹。當他說到一首詩是關於年輕人、成長和期望的，他無疑會想起坐在他面前那些人的年齡和各自的環境，也會想到他們的將來吧。我又低下頭，準備手上的詩。那首詩是關於一個正在戀愛的女子。她感到自己透明如水晶的深處，黝深、靜默。她問：生命要伸往何處，黑夜要從何處開始？我可以逐漸感到某種安靜、溫柔的質素。在隆隆的地下車的節奏中，另外開始了一種新的節奏。我們在有花的路上行走，我們走上斜坡，我們開始一日的工作。白日逐漸成形。有時走過看見太陽從灰雲後出來，滿天散佈雲絮，巨大的天橋投下斑駁的影子在人家牆上。乍暖還寒的日子，我們一起來看印象派的繪畫和史提芬斯的詩。那些薔薇色的巧格力和穿上小丑彩衣的海洋。那些童真的眼光。撥開雲霧，用新的眼光看這個世界。不過雲霧會一次又一次圍攏過來。史提芬斯也知道的，所以他說他那些成羣的鴿兒，在黃昏時，一邊沉下一邊畫出曖昧的波紋，墜向黑暗，但卻伸展着翅膀。不，現在還不是黃昏，是一天的開始，像我們說的那樣。我坐在雙層巴士上，經過公園，突然瞥見從來沒留意過的一角風景。我坐在小巴上，旁邊一個瘦小的男子不斷向膠袋嘔吐。他在怡東附近的油站下車，向前走，小巴趕上他身旁，司機問遺在椅上的膠袋可是他的？他慌張地搖頭，鄉音令人想到他是新來的移民；他加快腳

步，瘦小的個子消失在前面的人潮中。我在小巴上準備史提芬斯，並不特別感到荒謬。因為詩本來也包括各種各類的人，那些懷抱中的小孩、自閉的女子、那些傷殘和孤獨的人、充滿了孤僻或懷了恨意的人，我們不都在里爾克的詩中見過？而詩，比如里爾克的詩，本來就可以是包容一切，撫慰一切，承托一切的一隻手掌。如果我們沒法把這些說出來，那是我們還不夠深厚罷了，並不是說詩是可笑的。當然了，關於詩，也有那些狹隘的話，又像煙塵一樣圍攏過來。說詩該有怎樣的格式，該有怎樣的規則，又想把每人的自然節奏，壓扁成劃一的節奏。大概是地下車這樣隆隆的劃一的聲音罷。奇怪，為甚麼總有些灰暗的、黏滯的東西。早晨電台裏那些人生金句，彩色周刊裏瑣瑣碎碎的冷言冷語。車在太子站停下，一下子湧上來滿車的人。地下車裏每個人垂下頭，拉上自己的百葉簾。我有點喪氣，但我正在準備的真是一首好詩。我慢慢地看，感到裏面的那種溫柔，那種又是放開又是緊抱的感覺，感到心胸那麼廣大，可以連星星也包容在內的感覺。看一首詩總是需要緩慢地仔細地反覆地看，然後你逐漸感到開朗一點、舒暢一點，好像在沒有空間的地方開闢了一個空間。看到一首好詩我總會認得的。你（我為甚麼不可以把任何一個他稱作你呢）這個坐在對面努力記憶手中的英文筆記的年輕學生，你看我手中的白紙一眼，你是覺得紙上朦朧的字體是斑駁的投影，曖昧的波紋？呵，不是，你茫然地朝前看，只是為了背誦，想把紙上的東西記牢，回去考試的時候說得出來。我也是想捉住甚麼，剛才讀到想到的那一種輕柔的感覺，我想讓它留得長久一點，直至回到課室，儘管有點笨拙地把它說出來，告訴其他人。

一九八五年六月

# 【賞析】

## 讀一首詩的態度

本文長約二千字，但不分段。先看開頭幾句：「灰灰的外衣。織針一上一下。渴睡的臉孔。早晨的百葉簾還未拉開。」一連幾個短句，如詩般跳躍，節奏感強，意象紛呈，令人以為讀的不是散文，而是詩。自此，作者的意識不斷流動，寫來不一定按照傳統散文起承轉合的法則，一些意象好像互不關涉，有時甚至融入一些英詩句子，整體來看，卻鋪排自然，一點也不刻意。本文形式看似輕盈，所承載的意念卻可以很沉重，一如文中對一首英詩的評價：「在隆隆的地下車的節奏中，另外開始了一種新的節奏」，是一篇十分耐讀的散文。

作者這樣寫那個苦苦記誦英文筆記的學生：「七時三十分的葉慈或艾略特或奧登，不見得比毛衣或早報或商業英語更加荒謬。一個年輕的學生，在對面努力記憶手上的英文筆記。同樣是打字的白紙罷了。同樣的時時分心，讓眼前的世界湧進紙上的世界。」這個世界「總有一些灰暗的、黏滯的東西，逐漸圍攏過來，環繞在事物周圍，令事情失去光彩」，在地鐵紛紛擾擾的車廂中，「香煙廣告企圖左右你的看法」；在計程車裏，「忍受着早晨節目主持人對人生和愛情一些定型的見解」；甚至關於英詩，「我們這一代一開始就接受了艾略特對城市的看法」……「車在太子站停下，一下子湧上來滿車的人」，這句話，文中就出現了三次，在地鐵封閉的車廂裏，每一個站都差不多，都會湧進一車的人，正是不斷複製的縮影。但作者認為「生長在不同的背景之下，有自己的生命，需要找出自己的看法」，不應該複製他人的說法，抗衡廣告洗腦式的宣傳，拒絕被膚淺的見解定型，從傳統的看法以外尋找個人的聲音，別老是背誦老師抄下的模範答案……不只是衝着那個努力記誦英文筆記、「沮喪地發芽」的「年輕的

靈魂」而發，也應該是對他的學生、甚至是對讀者的寄望。

　　甚麼是讀一首詩應有的態度？作者認為「總是需要緩慢地仔細地反覆地看，然後你逐漸感到開朗一點、舒暢一點，好像在沒有空間的地方開闢了一個空間」。我們的社會是如此偏狹，空間是如此有限，但詩人把美好的詩留下來，有些詩本來是有生命的，「本來就可以是包容一切、撫慰一切，承托一切的一隻手掌」，我們要慢慢咀嚼，才能捕捉到詩中「輕柔的感覺」，才有個人深切的體會，才能在沒有空間的地方開闢空間，然後把真切的感受告訴他人，才是重要的。這何嘗不是求知與做人應有的態度呢？

# 昆明的紅嘴鷗

## 【題解】

本文寫一九七八年初也斯到昆明期間,探尋西南聯大舊址的一段經歷和感受。在作者心目中,抗戰時期的西南聯大是一個文化薈萃的地方,曾湧現出一羣傑出的作家、詩人,他羨慕「那種貧匱物質條件下豐富的精神生活、旺盛的求知精神」,希望尋得舊址,能捕捉到一些「無形的神采」。文章題為「昆明的紅嘴鷗」,通篇寫紅嘴鷗的內容不多,只是最後附了一首同名的詩,才着力描寫這些紅嘴鷗南來春城過冬,享受自由飛翔的形態,一朝醒來卻全不見了蹤影。細味作者的心意,讀者自然是明白的。

## 【文本】

初抵昆明,就想去探訪西南聯大舊址。住在翠湖旁邊,晚上從電視上看到學生在校園講話。問起有關方面,卻說遠得很呢!遠得很?我明明記得,有人寫過在湖邊散步,在湖裏的圖書館看書。也許我記錯了。走到

湖邊，聽見嘎嘎的拍響，噗喇一聲，一隻鳥兒從我頭頂飛過。抬起頭：湖上滿是白鳥，匆忙地繞湖飛過一圈又一圈。原以為找到一座巍峨的建築，沒想到滿眼只見閃動的波光羽影。

為甚麼想找西南聯大舊址呢？也許開始的時候是個私人的理由。我喜愛的一羣作家詩人，在三、四十年代都跟西南聯大有關。聞一多、朱自清、沈從文、馮至、卞之琳、李廣田、穆旦、鄭敏、王佐良、杜運燮、袁可嘉、汪曾祺……還有許多許多名字。不光是名字，不光是人物，其實是一種特別的氣氛，一種抽象的精神了。也許因為我很早就讀到其中一些人記敍當年的生活，羨慕裏面寫的那種貧匱的物質條件下豐富的精神生活、旺盛的求知精神。也許因為我很早就讀到一本借這背景寫成的長篇，寫到我們在學校生活中失落了的教育理想。也許因為我讀到汪曾祺寫沈從文在昆明的生活，讀到他短篇小說中寫當時的校工、學生、種種式式小人物：比方營養不良的教書先生，在不發薪的日子炒吃山邊採回來的野菜，那裏面總有某種動人的質素。我一直讀三四十年代的詩作，後來寫論文的時候，又總覺得有那麼一個背景在詩的背後，有那麼一份精神在作品裏。再後來當我訪問詩人，總想問問他們當時的生活。是怎樣的？怎樣唸書、辦文社、聽演講、遊行？怎樣的老師、怎樣教、他們怎樣寫詩、做文章？具體的資料不難搜集，倒是一些無形的神采，可不是那麼容易捕捉！

一九三七年，抗戰爆發後，清華、北大、南開三所大學遷往湖南長沙，組成臨時大學。後來時局吃緊，臨時大學再決定遷往雲南。師生包括聞一多等在內，跋山涉水，徒步走三千五百里，歷時兩個多月，沿途還到處訪問、收集歌謠、繪畫速寫。抵達昆明後，學校改為西南聯合大學。物質生活當然很貧乏，但在這艱困的處境中，卻栽培了不少人才。後來在文學、藝術、哲學和科學方面很多極有才華的人，都是在那兒孕育出來的。我們重讀許多記載當時生活的文章，印象最深刻是那種開放的

氣氛、奮發的精神、對自由民主的真實嚮往。王佐良記述穆旦和他們那群詩人的文字我不知讀過多少遍，幾乎可以背誦了：「這些詩人們多少與國立西南聯大有關，聯大的屋頂是低的，學者們的外表襤褸，有些人形同流民，然而卻一直有着那點對於心智上的事物的興奮。在戰爭的初期，圖書館比後來的更小，然而僅有的幾本書，尤其是從外國剛運來的珍寶似的新書，是用着一種無禮貌的飢餓吞下了的。……在許多下午，飲着普通的中國茶，置身於鄉下來的農民和小商人的嘈雜之中，這些年青作家迫切地熱烈討論着技術的細節。高聲的辯論有時伸入夜晚：那時候，他們離開小茶館，而圍着校園一圈又一圈地激動地不知休止地走着。但是對於他們，生活並不容易。學生時代，他們活在微薄的政府公費上。畢了業，作為大學和中學的低級教員、銀行小職員、科員、實習記者，或僅僅是一個遊蕩的閒人，他們同物價作着不斷的、灰心的抗爭。他們之中有人結婚，於是從頭就負債度日，他們洗衣，買菜，燒飯，同人還價，吵嘴，在市場上和房東之前受辱。他們之間並未發展起一個排他的，貴族性的小團體。他們陷在污泥之中，但是，總有那麼些次，當事情的重壓比較鬆了一下，當一年又轉到春天了，他們從日常瑣碎的折磨裏偷出時間和心思來——來寫。」這文章給我們繪畫了一幅圖畫，開拓了想像的空間。我後來遇見趙瑞蕻先生，問起當年詩人燕卜遜在聯大教現代詩和英國文學的情況。他告訴我說，當時課本缺乏，燕卜遜每次就憑記憶把莎劇的一幕用打字機打出來，油印好派給學生；他上課寫黑板寫得密密麻麻，就用西裝外衣的袖口去擦；他口袋裏總放着一瓶酒，下課後就和學生喝酒，談詩。汪曾祺在他的小說裏寫到當時在昆明拮据的生活、設法求存的小人物，但他的散文裏也寫到沈從文和其他老師的教學和做人，寫到聯大獨有的開放和愛才的氣氛。我們讀這些文字，感覺到在那個時代，實在有不少出色的有個性的人物，在逆境中更真實地突出了他們身上光彩的質素、平實中有堅持，不

羈底下有理想，西南聯大校風優秀的一面，似乎正是這些人的身教造成的影響。

也許是懷着閱讀這些文字所帶來的想望吧，當大隊參觀市中心的時候，我們開小差去找西南聯大了。折回旅館，沿後面的街道尋去，果然沒多久就找到雲南大學。看到那藍色的鐵閘大門、雄偉的建築，想像中的形象好像找到了一個寄託，直覺認定這兒就是了。來往的學生，也沒人知道這兒是不是西南聯大的舊址。

後來我們才知道找錯了。下次再去，再走過去，才尋到雲南師範大學。走進去，沒多久，我們看見聞一多的石像聳立在草坪上，圍着圍巾，握着煙斗、戴着眼鏡的眼睛好像在注目，好像在沉思。他在眺望甚麼，他在想甚麼呢？再走進去，我們在裏面找到李公樸、聞一多和「一二．一」四烈士陵園和紀念館，館內對於當時慘遭暗殺的李、聞兩位的事跡，對於當時爭取民主的學生運動，都有詳細的報道。

從紀念館出來，心情好像變沉重了。走在學校後面的小路上，走了一段路，卻無意中發現一所簡陋的平房，土牆外掛着一個牌子：「西南聯大舊址」。我心目中光輝的形象，大概只留下這麼一個實在的根據。從窗口望進去，是一些木桌椅，跟任何一個普通的課室沒有分別。我們拍照、記錄、保留資料，好像捕捉了吉光片羽，但又總沒法捕捉那份精神。不過相反來說，即使已經沒有任何實物的憑據，某些好像抽象的精神，又確是存在的。校園學生很疏落，大概是因為準備考試的關係？想起前一天在電視看到學生鬧哄哄的畫面。有人說：這兒過去不是學生運動的大本營嗎？有人勸他們說：時代不同了，針對的對象也不同呵。

是不是呢？現在小路上，只有一兩個學生低頭讀書，跟甚麼地方的學校都沒有分別，我們甚麼也看不到。但是，在走出來的路上，我們又看到學生壁報，「一多」副刊，「中華在騰飛，師大在前進」。我停下來讀了

那上面的詩，那上面的插圖。好像又確是留下了一點痕跡。

　　朋友們說或許會在昆明遇到一位前輩，等了幾天，還是無緣見面了。離開昆明那天，我又走到翠湖的旁邊，卻是出奇的寂靜，沒有了海鷗飛翔，本來從寒冷的西伯利亞飛來春城過冬的紅嘴鷗，竟然全無影蹤了，不知是不是天氣一下子冷起來的緣故。回來以後，每天聽遠方的消息：反資產階級自由化、《人民文學》惹起的風波、學生運動惹起下台的事件⋯⋯天氣乍暖乍寒，令人擔憂。想起了昆明之行，寫下《昆明的紅嘴鷗》一詩，一直沒發表。本來還想寫一篇小說，拖了兩年，總是寫不成，那裏面也有許多一時說不清楚的話。最近又聽國內來客說起許多新事，念兩年前的昆明之行，拉雜成篇，且把詩抄錄在這裏：

　　昆明的紅嘴鷗

　　忽然看見你們翱翔

　　環繞翠湖盤旋

　　筆直衝上高空

　　滿眼飛升的燦爛

　　空中盡是雪白的翅膀

　　來自嚴寒的冬天

　　生性酷愛熱情

　　你們長途跋涉

　　只為尋找一個春城

　　你們那麼高興

　　一定是尋對了地方

　　在這變得溫暖的天氣裏

　　試飛的心尚年輕

　　拍着翅膀發出歡樂的聲音

為那自由的飛翔

這裏原是開曠的舊地

戰時艱苦的日子裏

一定也有人從陋室仰望

空中模糊的形象

慷慨的行列和靜謐的沉思裏

有那潔白的想望

我徘徊湖邊，數着海鷗

尋訪昔日人們談笑思辯的地方

校園舊了，民主草坪走雜了

人和生活卻總留下痕跡

數着，有一天，天空裏

稀少了，勉強的試飛不成圓

一朝醒來鳥兒全不見蹤影

是因為乍來的寒冷

令牠們暫時躲藏起來

還是牠們再次遠飛

為了尋找更溫暖的地方？

牠們到甚麼地方從頭築巢

哪裏是適飛的氣候？

在哪一個開敞的湖畔

擦亮人們仰望的眼睛？

一九八七年

# 【賞析】

## 撫今追昔的人文之旅

　　本文選自《昆明的紅嘴鷗》一書，作者在〈序〉中寫道：「遊記也像是內心與外界現實的對話，內心主觀的想法，……遊與思之間，是來復往還的修正與平衡。」本文也可以說是一次內心與現實的對話，足跡過處，思緒所及，撫今追昔，一次令人百感交集的人文之旅，躍然紙上。

　　作者根據讀過的書和訪問過的人物，希望真能覓得西南聯大舊址。在翠湖旁邊，「我明明記得，有人寫過在湖邊散步，在湖裏的圖書館看書。也許是我記錯了」。他找到雲南大學，建築雄偉，「直覺認定這兒就是了」，「後來我們才知道找錯了」，最後在雲南師範大學內無意中發現一個簡陋的平房，土牆外掛着一個「西南聯大舊址」的牌子，才找到。通過旅遊，要修正的可能是記憶上的迷思，或一廂情願的肯定，但作者願意不斷修正自己的錯誤，希望在理想與現實之間取得平衡。

　　帶着對西南聯大的嚮往，作者終於覓得舊址，遊蹤與思緒相互交織，卻發現理想與現實往往不一致：昔日西南聯大的精神，已很難在舊址中捕捉；變作普通課室的地方，也很難聯繫到三十四年代湧現出的那一批作家詩人；校園內的疏落現況，更是很難讓人記起當年那些為爭取民主運動而犧牲的人物。

　　散文部分，只是首尾兩段寫到紅嘴鷗。最初寫在翠湖湖邊，「原以為找到一座巍峨的建築，沒想到滿眼只見閃動的波光羽影」；末段則寫到「本來從寒冷的西伯利亞飛來春城過冬的紅嘴鷗，竟然全無影蹤了」。這應是實景的描寫，但亦與當時的政治氣氛不謀而合。

　　將文末的詩，與散文並讀，作者的心跡，是不難理解的。詩分三段。首段寫紅嘴鷗從嚴寒的北方長途跋涉來到昆明，「只為尋找一個春城」；和

抗戰時期北方三所大學的師生，為逃避戰火，徒步三千五百里，歷時兩個多月，最終來到這座孕育出不少人才的春城，何其相似！次段寫紅嘴鷗享受這兒溫暖的天氣，「試飛的心尚年輕 / 拍着翅膀發出歡樂的聲音 / 為那自由的飛翔」；這何嘗不是西南聯大師生在物質條件貧匱下，卻快樂地享受着學術自由的寫照？末段寫「一朝醒來鳥兒全不見蹤影」，推測「是因為乍來的寒冷 / 令牠們暫時躲藏起來」，「暫時」一詞，帶着懷疑與擔憂，但作者還希望牠們會再出現，「在哪一個開敞的湖畔 / 擦亮人們仰望的眼睛？」他企望開敞的，又何止是一個湖呢？

## 【題解】

　　香港島北面，馬路狹小，交通繁忙，但居然可以容納一條電車軌道，全長十三公里，存活超過一百多年，仍未受淘汰，可算是個奇跡。這篇散文，寫於香港回歸後第二年，經過「九七」的震盪，移民潮或已漸漸消散，這個城市似乎也應該平靜下來。一段短短的電車之旅，作者除了抒發個人感受，見證着沿途風物的蛻變外，還借用一個異鄉人的視角，觸及這座空間本來就狹小的城市，卻要面對在不斷急遽轉變中如何自處的問題。這座城市地小人多，居住其中的人，可能都習以為常，甚至早已麻木。讀畢本文，是否能喚醒你關注這座城市的前世今生，從而展視未來，規劃這座城市的藍圖呢？

## 【文本】

　　許久沒有回去春秧街街市了。在擠迫的店舖中間，突然從天而降擠

出一所酒店。趕去見被我自作主張安排住在這兒的法國友人，經過童年上學走過的街市攤檔，幾十年也沒完全改變。但歲月也不是沒有留下痕跡，站在酒店門前的缺口，可見對面房子煙燻塵聚的黑痕。兩位興致勃勃的朋友，走過看見桶裏的游魚、雪櫃裏的大閘蟹、盆中的蠶豆，眼睛簡直應接不暇。北角當年有小上海之稱，我記得傍晚時分上海館子生煎包的香氣、還有南貨舖酸濕香甜的氣味。當年好似有較寬敞的空間。櫥窗裏擺放麵包和巧格力的白俄餐廳。穿着白色婚紗模特兒的蘭心攝影室，張愛玲曾在那兒留影。我大概知道張愛玲和五十年代南來文化人住在哪裏。英皇道，走上去是安靜的堡壘街。但如今，我的外國朋友指着電車站對面一枝電燈杆那麼瘦長的新大廈，好似問我那是真是假？那丁方小幅新空間，是上帝從天上插下來的針，裏面真的可以住人？

我該怎樣帶你認識我的城市，當上天和地產商把它變得對我愈來愈陌生了？來到電車總站，不如坐上電車，隨着它緩慢的步伐，走到哪裏看到哪裏吧。我也不知我們會看到甚麼。我以前常想為它分辯，現在我不想為它分辯。指責和雄辯的聲音都變得怪怪的。不如看清楚一點。即使外來的朋友，偶然的觀察，也許未嘗沒有意思。我們的法國作家，架上黑眼鏡，一邊向我解釋：眼鏡破了，現在只有架上黑眼鏡，才看得清楚。你會帶着對科幻小說的興趣，想像一個奇怪的未來世界？肘邊擦過屋宇，那麼近，嚇了一跳！手臂差點沒有了。你在尋找一棵樹？我向你保證，會有一棵樹的，在跟着下來、一個叫做維多利亞的公園裏。至於那位老太婆和她不幸的鼻子、被迫當作象徵而披上時髦的紅漆，也不見得就喚起了殖民地的歷史感。還有對面那幢恍如天賜而大家都不大滿意的大樓，我們就略過那些醜陋的細節算了。你注意到那些虛應故事的仿古。該有窗的地方卻豎了巍峨的大柱。裏面該有的冊頁會不會也沒有而只豎了大柱呢？將來開幕以後再去看清楚吧？也許架上黑眼鏡會看得更清楚。

在銅鑼灣，你看到拐彎處一個小小的空間，光容得下一棵樹的，不禁笑起來了。這就是我們的廣場？唔，不要笑，這兒曾是電車拐彎的地方、聖保祿女生圍坐吃零食的小店、鳳城茶樓、亞洲出版社。這兒也曾是某些文化累積的雛形。在這兒旁邊的豪華戲院，我看到路易馬盧的《馬莉亞萬歲》，珍摩露與碧姬芭鐸參與墨西哥革命。在對面的樂聲戲院，看到積大地的《糊塗舅父》，然後是一齣譯作《慾海驚魂》的黑白法國片，你第一次聽到高達的名字，又被短頭髮認真卻溫柔地唸着福克納的珍茜寶迷住了，直至我們發現了四座被片名吸引而來的觀眾的不滿。你散場出來帶着莫名的興奮。如果知道多一點這地方的歷史，這兒也未嘗不可說是個我們的廣場。

路都不是筆直的。電車也不總是筆直往前走。在銅鑼灣，它顛危危轉往波斯富街，轉彎時好似不勝荷負，隨時要晃倒下來。但它還是踅過了。我們坐在車上，想過轉車，但又還是留下來，跟着它轉進跑馬地，想經過了擠迫的大街，那兒或許有另一番家居的風景。

意大利傢具店、聖保祿中學、阿美高餐廳……你想知道這兒有墳場嗎？有！市場？醫院？墳場？全在前頭。人生需要的東西，差不多都在了。車逐漸慢下來，我們看見迎面而來的人潮。車在綠茵旁邊停下。是賽馬散場。原來今天是賽馬的日子。對大部分人來說，這才是人生最需要的東西哩。

那便等吧。我們這些其他的人。老在等。等人潮過去。等風暴過去。等樓價下降。等災難過去。從跑馬地到天樂里口。一直在等。電車走走停停。從誕生的醫院到墳場，都一路搖過去了。天色愈加陰暗，你只看見幢幢黑影。馬會的大樓。新華社的大樓。今天前面空無人影。靜靜的街角。再吃力往前搖，又停下來。

車停在兩旁的高樓之間。好似走不動了。親愛的遊客，你這一次真

的有機會去體驗本地人的生活了。包括日常瑣碎、沉悶，避不開又無可奈何的一面，你在想甚麼？

灣仔這邊有些舊樓。不是最舊的那種。你想看廟宇、蘇絲黃、人力車、酒吧或是大排檔的灣仔？這要看你拐右還是拐左。如果你執着於現代主義，我們可以去看包浩斯風格的灣仔街市建築，被一眾庸俗的雜貨檔弄得失去性格了。合和中心還在旋轉嗎？抑或已經變成生鏽的旋轉門？我也沒有細究了。家居的藤椅、窗簾和軟枕。蒸燉燜的家常。灣仔不再是蘇絲黃了，但大家記得的還是蘇絲黃。

我跟隨你黑眼鏡後的視線望向兩旁高樓的尖頂。然後我也仔細看看那些小小的窗戶、那些屋頂奇怪的裝飾。真好似從未看過，從未從這樣一個角度看過。你黑眼鏡後異鄉人的角度，也給我們原以為熟悉的風景帶來了陌生。

「為甚麼巴士都是空空的，而路上卻擠滿了汽車？」你就會，比方說，這樣問。

車停在路軌上，好似永遠去不到甚麼大佛口了。你大概也注意到大家行色匆匆，卻又沒有太多活動的空間？

你可會對太古廣場的時裝店感興趣？對貝聿銘如何在斜坡上建起竹子一樣的中國銀行感興趣？你可想去中銀舊址的中國會看收藏的政治普普、去長征吧喝一杯？如果你幾年前來希爾頓酒店的摩囉街喝過馬天尼，現在你會驚覺它消失得不留痕跡，只有地產商是永遠的。殖民地建築聊備一格，英國人的木球聲變得聽不見了，只有地產商是永遠的。

你的黑眼鏡後的視線，有時停在一點上，有時移開去。你看着這號稱後現代的由福斯特設計的銀行，人才和建材從各處湊合運來。內外上下的邊界模糊了，只留下一對失勢的獅子看着門 —— 可門也不存在了。若果你知道多一點這地方的歷史，你會知道，這兒過去作為英資經濟和權力

的中心，前面的廣場不容許蓋建高樓。而現在，廣場上坐滿了人。來自菲律賓的女傭每周一日在這兒聚會，帶來食物和飲品，唱歌跳舞，寫信談天、買賣日用品，興致高昂地傳教和抗議，把這兒變成了每周一次的嘉年華。這比一幅有女王像的廣場對她們更有意思。都市這幅空間是沒有生命的，端看活動的人怎樣使用它，不斷改變它，把它改變成現在的形狀，改變成她們的廣場。

你可有興趣去尋找另類的空間？沿着行人電梯上山去，可以看看兩旁的房子，看看流動的電梯改變了我們對這一帶風景的看法。你突然問：「有甚麼地方可以看到一些本地藝術家的作品嗎？」

有的。我們待會且走下電車，走上去，去找一些不要太偏狹太排他的空間、一些可以看到更多不同的生活和風格的、一些不會太封閉的空間。

現在，電車依循它的老軌跡，繼續搖搖晃晃地前進。它經過消失了的舊郵局、經過消防局的舊址、經過關了門的中環街市、整過容的萬宜大廈，正在向上環和西環的舊區駛去，在那兒，你還可以看到一些唐樓：那些高四五層、樓下是店舖樓上是住家的舊樓，仍然帶着戰前上海與廣州的風格，宣示了它與過去的聯繫。

一九九九年


## 【賞析】

### 戴黑眼鏡的異鄉人看本地風景

旅程從北角春秧街市開始，作者驚嘆「經過童年上學走過的街市攤

檔，幾十年也沒完全改變」，但「當年好似有較寬敞的空間」，與「在擠迫的店舖中間，突然從天而降擠出一所酒店」，成為強烈的對比。狹迫的感覺，多次在文中出現，這座城市的空間之小，似乎連外國來的朋友都感同身受。「一枝電燈杆那麼瘦長的新大廈……是上帝從天上插下來的針，裏面真的可以住人？」「肘邊擦過屋宇，那麼近，嚇了一跳！手臂差點沒有了。」見縫插針，可以興建樓宇賺錢的一點地方，地產商是不會放過的。

作者和朋友登上電車，沿着北岸朝西而行。朋友中的法國作家，本來的眼鏡破了，得架上黑眼鏡看東西，「你黑眼鏡後異鄉人的角度，也給我們原以為熟悉的風景帶來了陌生」，正因為多了一個角度，巧合中又有點荒誕。「你會帶着對科幻小說的興趣，想像一個奇怪的未來世界？」

他們經過維園，但女王銅像的鼻子就曾被人潑上紅漆對待；當年快將落成的中央圖書館，也有建築上的爭論。「在銅鑼灣，你看到拐彎處一個小小的空間，光容得下一棵樹的，不禁笑起來了。這就是我們的廣場？」很多命名為「廣場」的建築，都名不副實，狹小得很，從異鄉人看來，以為是黑色幽默，真是會啞然失笑的。但銅鑼灣「也曾是某些文化累積的雛形」，例如豪華戲院和樂聲戲院，作者年少時就曾在這兒看過很精彩的電影，光影世界開拓了他的視野，「這兒也未嘗不可說是個我們的廣場」。一如北角有張愛玲等南來文人曾經住過的居所，和不少中國學者與作家關係密切，這座城市，可以說是包容歷史和文化的廣場。至於中環滙豐銀行，「過去作為英資經濟和權力的中心，前面的廣場不容許蓋建高樓」，現在反而成為菲傭每周一次的嘉年華，「改變成她們的廣場」，這座城市，也可以說是包容不同族裔的廣場。這座城市，本來就有海納百川的廣場特質，但要消失的，不單止是英國人的木球會，就算是一片小店，也敵不過地產霸權而「消失得不留痕跡」，「只有地產是永遠的」。這種荒謬的處境，異鄉人固然不理解，土生土長的香港人，也只能無奈忍受。

作者描寫舊物的消失，不只是抒發懷舊和惋惜之情，而是採取開放的態度，「都市這幅空間是沒有生命的，端看活動的人怎樣使用它，不斷改變它」，希望「去找一些不要太偏狹太排他的空間」，進一步探討改變城市空間發展的可能，既容納西方文化美好的一面，又和傳統保持聯繫，容納不同的生活和風格，正是這個城市應走的道路。

# 越界的月亮

## 【題解】

　　古往今來，在騷人墨客筆下，月亮總有不同姿態，寄寓如思鄉、懷人、傷時或憂國等情懷。要為月亮賦以新意，走出前人窠臼，似乎並不容易。這篇文章由童年的月亮寫起，寫的是月亮在人生不同階段的面貌，自然是因人的情懷或心境的主觀投射所致。到了一九九九年年底，步入新的世紀前夕，如果舊和新之間有一條界線，月亮越過這條界線時，會有甚麼改變，而我們又如何面對這樣的改變呢？

## 【文本】

　　童年在小島長大。記得在鄉間走路，頭上遠遠上方也有一鈎新月在走路，一旦它隱沒進雲層裏，我只好在那兒等它再現身，那淡淡的清光，再照亮路旁陰森的樹叢，教我可以泰然走下去。

　　長大以後喜歡到處跑，在不同的城市裏也看過不同的月亮。記得在

聖地牙哥的樂海崖，我們開車迎着海去，一拐彎，迎面跳入眼簾是一幅新風景：月亮像一張龐大澄黃的臉兒，帶着詳和的笑容，迎接我們這些失去了節日的異鄉人。

那以後我也看到許多被都會切割得零零碎碎的月亮、玻璃碎片上支離破碎的月亮、在泥濘中變黑了的月亮。一個女孩子説：月亮已被解構了。另一個別別嘴：它根本就不存在了。

我做了許多笨拙的工作、許多徒勞的差使。洗涮一個永遠洗涮不完的馬廄，從斗室內嘗試掘一條通道往地球那一端去。有一段時間我哪兒也沒去，就是繞着一個磨團團轉。磨出的是黑色芝麻糊那樣的東西，裏面只有月亮的碎片。

過了好長一段日子，好似像冬眠中醒來那樣，又再開始往外走。在旅途上，偶然也會碰上一張月亮的臉孔。少年時抬頭追尋的月亮已經改變了它的形狀，它也許變成四方、或者長出了奇怪的保護色，或者換了名字隱居起來了。但總有甚麼令我把它認出來。

走在不同的城市的路上，拐進書店裏看一本新書，卻翻出了舊名字；在快要下雪的下午，走幾條似曾相識的街道去尋一所奇怪的畫廊；燈光暗了，銀幕上出現了久違的導演的影像，好像重逢多年不見的朋友。已失去了許多東西，怎也沒法尋回。但借宿在這陌生城市的一晚，感覺房間猶似舊日城市中離開了的房間；與主人夫婦長夜漫談，又再見到昔日音容，宛猶浮沉在今日的背後。

從這一個城市傳真到另一個城市。想把看到的，用電郵傳回自己來自的城市。想在大家注目的血色的月亮以外，還有別的顏色。繽紛的色彩很快再要把這淹沒。有人在歪曲昨日的歷史，有人在建造權勢。金色的月亮，銀色的月亮。

但自己其實也改變了。默默無言地看着一個變得奇怪了的世紀。我

就我找到的，把一些碎片撿起來。很希望有機會檢校一次，現在似乎也不可能了。我們就這樣走進新的世紀，月亮也一樣。它會怎樣變下去呢？

一九九九年

## 【賞析】

### 撿拾月亮的碎片

作者童年時，晚上在鄉間走路，得靠月光的照明，當月亮隱沒進雲層裏，只好等待，新月的光雖然淡淡的，但已足夠照亮他，泰然地走下去。這期間的月亮相對簡單，只是純樸地照耀大地，是成長期遇到黑暗時可依靠的亮光。

長大後，作者到過不同的城市，也看過不同的月亮。其中一次開車在海邊行駛，「月亮像一張龐大澄黃的臉兒，帶着祥和的笑容，迎接我們這些失去了節日的異鄉人」。月亮，成為異鄉人的一點慰藉。這麼圓滿的月亮，恐怕再難看到。

此後，作者看到的月亮，許多「都會切割得零零碎碎」，或是「在泥濘中變黑了」，有人認為「月亮已被解構了」，有人認為「它根本就不存在」。本來簡簡單單的月亮，變得支離破碎，甚至不再皎潔明亮。人生不如意的事紛沓而來，「做了許多笨拙的工作，許多徒勞的差使」，做事徒勞無功，殊非所願。作者這樣寫那種失意的感覺：「洗涮一個永遠洗涮不完的馬廄」工作刻板重複，「從斗室內嘗試掘一條通道往地球那一端去」，無法找到出路，「就是繞着一個磨團團轉」，像一頭驢子般工作，「磨出的是黑色芝麻糊那樣的東西，裏面只有月亮的碎片」，生活磨人，意志也給

榨乾耗淨了。儘管寫失意，作者不忘用精彩、具體而帶點魔幻色彩的比喻，你看，連失意都變得帶點詩意了。

很久之後，作者又開始走在旅途上，「偶然也會碰上一張月亮的臉孔」，原來人世間仍有令人滿意的遭遇。跟少年時比較，月亮雖然已變了形狀，長出保護色，甚至改了名字隱居起來，但作者仍認得它。書本、藝術和電影，仍然是作者的好友。在陌生的城市借宿一宵，和主人夫婦長夜漫談，仍是旅途中可樂的事。

月亮有不同的顏色，血色、金色、銀色……「有人在歪曲昨日的歷史，有人在建造權勢」，為一些不光彩的需要，月亮被髹上不同的顏色，出現不同的解讀，但要撥亂反正，又似乎無能為力，「自己其實也改變了」，只能「默默無言地看着一個變得奇怪了的世紀」。作者想把一些碎片撿起來，「很希望有機會檢校一次」，是時不我與麼？「現在似乎也不可能了」，真是無可奈何。

到了世紀末，月亮也會走進新的世紀，一點點世紀末情懷，一點點憂傷，一點點對未來的不知所措，未來如何，沒有答案，也難以猜度。踏入新世紀後，在面對必然的改變時，或許像少年時代一樣，在淡淡的月光照亮下，泰然走下去就好了。

# 十三歲那年

## 【題解】

　　這篇散文，是二〇〇四年也斯應兒童雜誌《黃巴士》之邀而寫的，對象應是兒童或青春期前的少年。本文寫的是一個作家對過去寫作歷程的概括，對喜愛文藝的少年而言，應該有很大的參照作用。

　　作者在本文開首這樣寫道：「我在十三歲那年，或者在那前後吧，開始寫第一首詩。」確實的年紀似乎並不重要，重要的是一個升中不久的少年，找到了他的興趣所在。四十年後回顧，原來作者當年寫的詩，雖然只是一些「朦朧的感情，零星的意象」，卻成就了一個終身筆耕不輟、立足於香港、觀照世界的傑出作家 —— 也斯。

## 【文本】

　　我在十三歲那年，或者在那前後吧，開始寫第一首詩。這興趣，一直維持至今天。如果我沒有開始寫詩，肯定我會成為一個不同的人，不管好

壞，無論如何不是現在的我。最先的詩，是一些朦朧的感情，零星的意象，在現實生活中未找到表達的感受，通過文字，逐漸把它們整理出來。最先是在一本本的記事簿上寫，寫了許多本，也沒有想到要發表。就像隱密的日記，用一些曲折的言語，不是不讓人理解，而是從私人出發，覺得公式的公眾語言說不了自己心中的話。在寫作中摸索出來的過程才是最重要的。

寫作的興趣當然是隨着閱讀的興趣生出來的。從小學到中學，在上學和下課回家的路上，在公共汽車上、渡輪上、讀着片段片段的翻譯小說，希望從遙遠的書本中尋找自己日常生活中無法解答的答案。閱讀的人從書本認識人情世故，年輕人去理解成人的世界，男性去理解女性的想法，這個文化裏的人去認識另一個文化裏的人。書本好似是不現實的東西，好似是不能即時實用的東西，但通過閱讀書中人的悲歡離合，我們理解了人在不同處境中的抉擇，對於比自己不幸者的同情、對美好事物的欣賞。文學是一種感情的教育。

學習寫作也是學習表達自己，學習與人溝通。詩是一種濃縮的言語，是一種跳躍和敏感的語言。因為寫詩，也更能欣賞別人的詩，更能欣賞別人怎樣塑造文字，令文字活轉過來。由於喜歡詩，也去閱讀古詩，也通過翻譯或英文去讀種種外國詩。當年海運大廈有一所外文書店，每每在那裏尋找，企鵝版的歐洲詩人叢書、「城市之光」的詩叢、小出版社的罕見版本。由於讀詩，我也知道了許多不同的文化的歷史，我也接觸了許多不同的人生態度：法國詩人普雷維爾（Jacques Prévert）的幽默與同情，智利詩人聶魯達（Pablo Neruda）的瑰麗奇想，意大利詩人蒙德萊（Eugenio Montale）沉鬱的外觀與內省。詩人的詩不光是文字，那裏面有累積而來的對人生的態度，在詩中毫不吝嗇與我們分享。

我對學習語文一向沒有很大興趣。但由於喜歡詩，我嘗試去學習法文、西班牙文、德文，我甚至去訂閱波蘭的雜誌。我想去無名的城市旅

行，不為甚麼，只因詩人在那兒住過，寫過他的詩。到頭來，我也許沒有學好語文，我也沒有成為旅行家，但讀的詩，令我的生活豐富了。

我曾經在柏林，尋找里爾克（Rilke）早年住過的房子，在成都我大清早起床，去遊杜甫草堂，在巴黎和三藩市，我看見以詩人命名的街道，禁不住發出會心微笑，只緣這些詩人的詩，曾經感動過我，曾經在生命的某一點啟發過我。由於讀詩，我好像參與了一個比社會、比國家更大的大家庭。不管在哪兒，我都可以與他們神交，在心中與他們對話。

在我們開始寫詩的年代，香港這社會不大能容納詩，在一個商業社會中，大家都覺得詩是不能賺錢，因此也是沒出息的一回事。

許多人看詩，看到浪漫的一面，以為詩人都是一頭長髮，瀟灑不羈，不斷在談戀愛。其實詩有許多種，就像人也有許多類一樣。讀詩沒能讀到深沉的一面，多少是種可惜。詩也可以是生活的文字、是對抗野蠻的溫柔，是緩和殘酷的力量。

在我開始寫詩的六〇年代，社會動盪不安，中國正值文革高潮，歐美的學生運動，也好像要把一切舊有的砸碎。在種種價值觀變得混淆不清的年代，通過詩，我好像看到種種二元對立的價值觀以外，還有其他的價值觀，其他的人生態度。

詩除了內省，也是一種對外的觀察。在開始學寫詩的年代，見到沒有甚麼人寫香港，也會想在詩裏寫香港，希望從另一個角度去為城市塑一個像，在旅遊宣傳的城市形象以外去尋找城市的文化身份。

堆了滿屋書，有人會覺得是負累的包袱，有人覺得是寶藏。詩不能令人得到權勢或財富，但卻給予人情感的教育，面對危機的餘裕。閱讀詩，令我們更好地感受生活的細節，留意另一個人的憂傷，欣賞一枚桃子的美味。

二〇〇四年，應《黃巴士》之邀而寫

# 【賞析】

## 詩人的誕生

今天，生活在香港的少年，除了應付功課，還可以做些甚麼？上網？打機？唱K？哈韓？他們又有甚麼心事？希望得到同儕的認同？暗戀鄰班的男／女生？懵懵懂懂的不知道如何梳理夢中的思緒？抑或是對世界感到憤憤不平，一團積壓在內心的岩漿快要噴發出來？

當年的少年也斯，選擇了寫詩，把詩寫在一本本的記事簿上，「用一些曲折的言語，不是不讓人理解，而是從私人出發，覺得公式的公眾語言說不了自己心中的話。在寫作中摸索出來的過程才是最重要的」。寥寥幾句話，已見這位作家，自小便不甘心拾人牙慧，而是用自己的語言發聲，要求開闢創新的寫作道路。

寫作的興趣，源於閱讀，書本看來是不實用的，但作者指出：我們可以從書本認識人情世故，從閱讀認識現實，「通過閱讀書中人的悲歡離合，我們理解了人在不同處境中的抉擇，對於比自己不幸者的同情、對美好事物的欣賞。文學是一種感情的教育」。

在作者開始寫詩的年代，香港社會不大容納詩，詩不能賺錢，被視為沒出息；但他指出：透過讀詩，我們可以了解世界不同的文化、歷史、人生態度，與古今中外的詩人神交，甚至「在心中與他們對話」。「詩不能令人得到權勢或財富，但卻給予人情感的教育，面對危機的餘裕。閱讀詩，令我們更好地感受生活的細節，留意另一個人的憂傷，欣賞一枚桃子的美味」。跟孔子所說的讀詩可以「興」（激發感情）、「觀」（觀容萬象）、「羣」（與人共處）、「怨」（諷議世事），並無二致。

作者用平實的筆觸，從他找到了寫詩的興趣開始，向我們訴說過去四十年他個人文學創作的歷程，難得的是他沒把經歷當作甚麼秘笈，沒有

把詩看作甚麼深不可測的護身符，也沒有把詩人視作甚麼世外高人，「詩也可以是生活的文字、是對抗野蠻的溫柔，是緩和殘酷的力量。」字裏行間，流露出對詩的熱愛，明知道寫詩的道路並不好走，卻直至他辭世，仍矢志不移。

# 走過老區

## 【題解】

　　也斯愛走路，就途中所見，把所思所感發而為文，重點不在於周圍的風景美不美，更重要的是其中的人文景觀。一如食物，美味固然好，但如果能咀嚼出人間滋味來就更好了。有人認為飲食是小道，但在也斯的作品中，不難發現食物的蹤影。他認為食物具體、平常，形態、顏色和滋味都不同，是很好的寫作素材，「一個人對食物的選擇，也反映心理、慾望。食物跟風俗、文化及社會轉變等等，都有關係，為甚麼要疏遠？」[1]《人間滋味》這本散文集，就是名正言順談飲食的書，他頌讚食物，更重視背後構成食物的人的成分。本文選自此書，寫走過老區所見的風物，卻不是一本旅遊或飲食指南，而是對美好事物的珍惜，對精彩文學作品的讚賞，甚至對我們為將來創造的生活留下一點參考。

# 【文本】

　　有新的攝影計劃嗎？原來鍾恩她正在寫一本關於河流的書。河是那麼美麗，研究下去卻發覺有不少血腥歷史。她說北美那個省份，一世紀以前，每三個居民裏有一個是華人，多年下來卻絕跡了。在兩條河的交匯處，三百華人曾集體被謀殺，屍體沉入河中，主事者卻一直逍遙法外。

　　直至多年後的今天，才開始有人從新挖出這段歷史。河流不息地流動，總似是那麼美麗。


### 昔日的幽靈

　　我想起寫過的一個故事，另外一條異國的河流裏，浮沉着中國的鬼魂，由於不同的原因。

　　總是有那麼多的鬼魂。

　　阿歷斯和鍾恩來港參加英語文學節，約好像當年那樣去醉湖聚餐。但酒樓已不在了。我大概應該介紹他們往隔鄰大廈找法國文化協會的敖樹克，看他有甚麼介紹。也許可以到對面的檀島喝奶茶吃蛋撻、要吃南乳炸碎雞喝白肺湯或可到益新，要不就到金源吃山東燒雞。要離開駱克道的酒吧、蘇絲黃的魅影，走回拆建得七零八落的老區，若有歷史的細心考據，可以勾勒出日治時代的枉死冤魂。走過修頓球場，黃谷柳或張愛玲筆下的人物陰魂未散，你還可以聽見一兩句對白留下的回聲。

　　但他們有關的作品還未有英譯，未能為我們說英語的朋友聽見。

　　滿街熙攘的人羣，看來好似各有追尋的東西。鍾恩禁不住要問：原諒我的無知：到底有沒有文學作品，是寫一般香港人是怎樣生活的？噢，當然有的！「我想也一定有，但我們在文學節中沒聽到罷了！」為甚麼每年文學節邀請遠來的北京作者，卻不見香港作者？

## 漫步東京下町

在東京那年，開始喜歡到下町去散步。

下町多是老區，是平民工匠、小商戶世代相傳的居住地方，多是前舖後居。老區從江戶時代開始，聚集了大量手工業藝人。現時還保留了不少老店，也有下町風俗資料館，可以看到當年的民生風俗，有種種傳統工藝如木雕、木板畫、羽子板等，還讓我們看到做法。

我坐在東大校園的心字池邊，看着池中深深淺淺的綠樹倒影，不禁想起三四郎在池邊，抬頭望見半山夕照中色彩明麗的女子。是的，夏目漱石把從熊本鄉下來到首善之都東京求學的青年追求知識和愛情的心態寫活了，現在，連校園內這池也被稱作三四郎池。

有時我在上野附近散步，有時走到谷中、根津、千駄木一帶。跟走在銀座、新宿、原宿、六本木的感覺不同，老區令人放慢了腳步，慢慢走着，心情也會舒緩下來。

走在這些地區，令人想到夏目漱石、芥川龍之介這些老作家。都是孤獨型的作家，敏感的筆下卻寫出人世的種種情愛。我走到千駄木街的漱石舊居，看外牆牆頭雕了一頭貓，向著名的《我是貓》的作者致意。一不小心，還以為真是一頭家貓，在日午的陽光下懶洋洋地在牆頭走過哩！

夏目漱石出生不久便被送到養父家寄養，總有自覺「不被母親喜愛的孩子」的心理錯綜，敏感多病，卻寫出細緻有情又相當克制的深刻作品。從《三四郎》、《其後》、《門》這早期的愛情三部曲，到後來的《心》、《明暗》都寫到廣義的人際情愛的種種面貌。從《三四郎》剛入世的對愛情的朦朧的憧憬，到理解人的限制以後仍能欣賞人與人之間可能的溫情，他能體會狀寫的感情光譜相當寬厚。

走在谷根千的老區，我常常想起《三四郎》第五章，三四郎跟美襧子一行人去看菊偶，最後兩人走到谷中一段。年輕的三四郎暗戀着美襧子，

但他這從鄉下出來的少年，眼睛看出來皆半帶黑影半如繁花盛開的人形，有他未能理解的世界。而他眼中謎樣的現代女性美禰子，其實亦未嘗沒有自己的憂慮。作者安排走這一段路，親切體貼而並無貶意地帶出兩個「迷途孩子」之說，顯見作者功力。日俄戰爭的背景在那裏、「日本說不定快要亡國哩」的嘲弄也說出來、對現代性的朦朧期待與挫折也登場了，但作者只是不動聲色寫一個年輕男子與他愛慕的姑娘走了一段路。夏目漱石筆下寫的老區，可說是「有倫理的風景」吧！

走在老區，想到的確不是銀座、新宿、原宿、六本木那麼熱鬧、刺激、潮流的地方。要喜歡這樣的節奏、這樣的生活態度才可以。更多人會喜歡更激更酷更有型的愛情戰爭，也不是每個人都要喜歡夏目漱石的小說的。

現在的老區也有它招徠遊客的紀念性名食了，如愛玉子、芋甚、夢境庵的湯麵、乃池的羽田沖穴子壽司、後藤之飴、正如菊壽堂老店江户千代紙一樣不光是生活而是紀念性的禮品了。不過在夏目漱石的小說裏倒沒有這些旅遊指南的描寫，我記得他只寫了三四郎母親從鄉下寄來了酒糟醃的鯡鯉魚、澀柿子。帶去送禮的栗子自己在火車上吃掉了。人家帶他去吃西餐，他吃完了卻記不起是甚麼味道！這些都不是炫耀美食的文字，是適如其分的對角色的描寫罷了。


### 在香港走一段路

所以有時熟悉或不熟悉的朋友來叫我介紹在香港走一段路，我總想怎樣才可以不像旅遊指南，也能讓人看到一個地方的文化和歷史呢？阿歷斯當年提議旅遊協會介紹香港的文學和電影書籍不得要領。談香港的外文書都沒有談香港的文學和藝術。夠諷刺的是：反而是外國的 Lonely Planet 最近新版才首次補充了這份空白！

談一個地方，活在那裏的人是最重要的。在種種限制之下，甚麼人能把創意帶進一個地方、甚麼人能以創意的方法，令我們重新細察一個地方、欣賞一個地方，不管是老區還是新區，都有助於改善我們的生活、一個社會的人文素質。

　　失去了老區一所友善相宜的美食酒樓，一所出售中英文新書的青文曙光，我提議阿歷斯和鍾恩沿着軒尼詩道前行，拐左拐右看藝術中心電影院的法國短片、地下書店新書、門前的開放音樂、走上金鐘上面香港公園的茶具文物館，在樂茶軒喝茶聽音樂，沿天橋走過巨廈的背面，從長江公園走下滙豐樓下菲傭的嘉年華，走上威靈頓街、擺花街、荷李活道，鴨巴甸街，那兒文化葫蘆的一夥人正在警察宿舍的舊樓裏策劃了關於老區歷史和生活（當然也包括了食物：春回堂涼茶、水記大牌檔、唐伯檸檬王、九記醬園）的展覽和導賞。竹枝木板搭起的戲棚上豬肉燈映照着年輕樂手的演奏、中秋的兔子燈變成可供遊人玩耍的花車。最重要的還是人的心意，令一塊空間成為可居可遊的地方。走過老區，不是為了懷舊，是為了想我們明天該有怎樣的生活。

## 【賞析】

### 被低估的人文風景

　　本文的結構看似比較隨意，一如作者的足跡，從北美到灣仔到東京到香港，在街上信步蹓躂，幽幽帶出各個老區的歷史和變化，或沉痛，或輕緩。細心讀來，文章以北美華人沉屍河中的事件開始，過渡到灣仔一帶的老區，拆建得七零八落，但似乎仍殘留蘇絲黃的魅影，如要考據歷史，「可以勾勒出日治時代的枉死冤魂」，文學方面，「黃谷柳或張愛玲筆下的

人物陰魂未散，你還可以聽見一兩句對白留下的回聲」。

　　走過灣仔老區，同樣的一雙腿，也可以走進東京下町老區。自江戶時代以來，保留下來的老店和傳統手工藝，都值得駐足觀賞。從昔日的幽靈，緩緩走進今日的人文景觀。在東大校園的心字池邊，想起夏目漱石筆下的三四郎，這池也被稱作三四郎池。再寫到在千馱木街的漱石舊居外看見外牆雕了一頭貓，是向夏目漱石的著名作品《我是貓》致意。然後談到《三四郎》第五章寫到從鄉下來到東京求學的三四郎，暗戀着明治新女性美禰子，安排二人在老區不動聲色地走一段路，「親切體貼而無貶意地帶出兩個『迷途孩子』之說」。「迷途孩子」之說，固然是暗示二人都尚未找到自己的人生正道，而在日俄戰爭背景下，他所嘲弄的更是當時全國沉溺於戰勝的亢奮中的日本，顯見小說家的功力。作者認為夏目漱石筆下的老區，是「有倫理的風景」的。其中提到老區的食物，而這本小說裏沒有提到甚麼美食，只是一些從鄉下寄來的粗食，和人家帶三四郎去吃西餐後，他吃完了卻「記不得是甚麼味道」，恰如其分地因角色而描寫出來，並非炫耀美食。

　　回到香港，作者為外國朋友設計一條遊覽老區的旅遊路線，建議他們可以由灣仔軒尼詩道開始，經中區到上環，體會一下香港的文化、歷史和藝術，當然也包括一些傳統食物。他寫道：「談一個地方，活在那裏的人是最重要的」，又說：「我們重新細察一個地方、欣賞一個地方，不管是老區還是新區，都有助於改善我們的生活、一個社會的人文素質」。

　　縱使作者未能為枉死的幽靈一雪沉冤，但他關注的還是當下。他談吃，談走過甚麼地方，不是為了懷舊。讀者按圖索驥，不一定能找出美食所在，尋找他走過的足跡。他關心的仍是人，創作的重點還是我們該怎樣生活。作者在〈書與街道〉一文中這樣寫道：「在這陽光的早晨，我也喜愛一條小小的街道。這安靜的世界，被漠視而不埋怨，被低估而不分辯，

自有它的自足的美貌與風姿,這安詳是完美的。」面對漠視仍可安然處之,這未嘗不是作者希望達到的境界。

# 【 注 釋 】

〔1〕 見〈詠頌飲食作家也斯〉,收錄於曾卓然主編《也斯的散文藝術》,香港,三聯書店(香港)有限公司,二○一五年。

下編：小說

師門頹然走出去，漫山遍野的走，不知道幹甚麼好。他懷念那頭龍，但牠已不知去向。所以，後來在一道瀑布旁發現一頭小毛龍的時候，他就決定把牠帶回家去，他想這一次自己一定要做得更好。反正他留在人間的日子還有這麼久，他決定再嘗試一次。

# 養龍人師門

## 【題解】

二十世紀七十年代初期，也斯是少數把拉丁美洲小說譯介到港台來的作家。[1] 談到拉美文學，不得不提魔幻寫實小說。這種善用現實與幻想交錯，以不符因果、不合常理的情節暗喻社會種種問題的作品之所以興起，與拉美的文化背景有莫大關係，是獨特的歷史、地理和社會環境下的產物，其中赫赫有名的就有阿根廷的博赫斯、哥倫比亞的馬奎斯等大師。而〈養龍人師門〉正是也斯以魔幻寫實手法寫於七十年代的小說。

作者借重寫一個中國神話故事，結合個人初出茅廬的經歷，暗喻當年香港社會的一些荒誕現象。他嘲諷辦公室政治，批評低俗的流行文化，提出對使用文字的主張……情節有趣，行文幽默，今日讀來亦不過時，讀後令人掩卷深思。

## 【文本】

「師門者,嘯父弟子也,食桃李花,亦能使火,為夏孔甲龍師,孔甲不能順其意,殺而埋之外野。一旦,風雨迎之,訖,則山木皆焚。孔甲祠而禱之,還而道死。」——列仙傳

一

房間的一角堆着一大堆鞋子,像個小丘。小丘的頂端幾乎碰到屋頂。一頭蒼蠅飛進來,嗡嗡地飛近這些鞋子,嗅嗅這裏,碰碰那裏。這些鞋子種類繁多,甚麼顏色都有,而且也帶着不同的氣味。有些大,有些小;有些像胖胖的娃娃,有些皺着眉像乾癟的老頭。這堆鞋子造成的小丘忽然輕輕動一下。然後,再晃動一下。嚇得這頭蒼蠅沒命的逃跑。牠以為火山爆發了。

小丘再度震動,好像有點甚麼要從裏面掙扎出來的樣子。在頂端的鞋子簌簌落下,尖的丘端變成一個低陷的火山口。然後,忽然從那裏冒出一個人頭來。那是師門。

師門說:「我不補鞋了!」

他是衝着房間另一端坐在那兒紡織的姊姊說的。但她頭也沒抬,仍然在那裏用心地紡織。

師門說:「我要去馴龍!」

紡織機的梭子一上一下。一條條白色的紗布逐漸在變胖,長大。但姊姊還是一句話也沒答腔。於是師門開始自言自語,他詛咒那些古裏古怪的鞋子,埋怨這每日做個沒完的沉悶工作。說倦了便伸手到窗外採一兩朵桃花塞進嘴巴裏。他嘴巴裏塞滿東西還是在那裏咕嚕:「有甚麼理由叫我補好三百對鞋子才去馴龍?師父教我的是馴龍,又不是補鞋。我已經懂馴

龍的技術了，為甚麼不讓我去？」

「馴龍不是一種技術。」姊姊冷冷的說。

她說完，又低下頭去織布。

師門不曉得怎樣回答，只好再伸手到窗外，採一朵花來吃。

二

師門衝進天井裏，高聲說：「全部補好了！」

他姊姊正站在一個窰子面前，把一些土製的小人兒、小牲口和瓶子放到裏面去。火燒得正旺。她把小小的鐵門關上，人、牲口和瓶子就一下子都不見了。

師門把話再說一遍。她只是說：「唔。」然後就走回屋裏來，小心地檢視他補好的鞋子。她一對一對細心看，遇到手工做得好的，就點點頭。

師門忙不迭說：「我該出道去豢龍了！」

但她沒有回答，只顧逐對鞋子仔細看。好像她只對鞋子感興趣。這樣磨了一個下午，她看完了鞋，又走回天井去。打開鐵門，人、牲口和瓶子又再現出來。現在它們已是燒好的陶器。有一兩件燒壞了的，就放過一邊，其他的，她逐件仔細看。現在她又好像只是對陶器感興趣了。

師門生氣得盡在那裏嚼東西。他旁邊有一株桃樹，他吃完了花，就吃果子，吃完果子就吃葉，吃完葉就吃樹枝，吃完樹枝就吃樹幹。

等他把一株桃樹只吃剩半截樹幹，他姊姊才像弄魔術那樣，拿起其中一個棕色的小瓶，從裏面倒出一團紙，遞給他。師門接過來，熨平上面的一千條皺紋，看了，奇道：「這是皇宮的地址呀！」

姊姊點頭：「他們要找一個養龍的人。」

「那麼，上一任豢龍師呢？」

「他不懂養龍，把一條龍蒸熟吃下肚，跑掉了。」

三

師門由一個老人帶領着，在這迷宮中轉來轉去。他轉了三十三個大圈，走上石級又走下來，由這個部門到那個部門，見這個人然後又見那個人。

坐在桌子後面的那三個人中的一個追問他的工作經驗。第二個問他有沒有那種蓋上一個大印記的證明文件。第三個要知道他曾否離開過夏國到外面去過。

當他們曉得他是嘯父弟子時都顯得很驚奇。

師門希望他們不光是從文件、地區或師父名字去認識他。他提議找一條活生生的龍進來。但他們搖搖頭，告訴他十四又四分三日內把結果通知他。

然後又是那老人，帶着他緩緩在那些長廊中兜圈子，走出外面去。長廊裏的光線很暗。兩邊盡是一些關上門的房間。不知有沒有人在裏面工作。偶然有一兩句話傳出來，立即又噤聲了。

靜寂的長廊裏，只有師門和老人的一對一答：

「以前負責養龍的是個怎樣的人？」

「劉累。跟豢龍氏學的……」

「哦，他是豢龍氏的徒弟！」

「不是！」老人更正道：「聽說他只跟豢龍氏學過幾天本領，巴結了上面就來工作了！」

走廊裏是死寂的。老人說話高聲點，就好像傳來了回聲，他繼續說下去：「原來他並不懂養龍！養了沒多久，就弄死一條雄龍。他反而叫人把牠剁成肉漿蒸好，當是野味獻給皇上。輪到上面叫他把龍拿出來，他沒辦法，害怕起來，就帶着家小逃走了。」

師門聽見有人這樣養龍，心中感到說不出的噁心。

談着，老人在轉角一面窗前停下來。指着遠方一幢灰色的建築物，說那裏就是養龍的地方。它前面垂着深灰的帷幔，看來一片冷肅。

師門原來心中的興奮已逐漸消失。他望着前面，心中湧起的是一種新的疑慮與不安。


**四**

師門獲得那份工作了。他上工那天，並沒有見到皇帝孔甲。一切只是由一個喚作阿吉的看門人指揮他。

阿吉的足踝有一點毛病。

據那老人後來說：阿吉原是皇帝的養子。據說剛生下來就遇見國王，恐防會遭禍殃，所以孔甲就帶回王宮去，自己把他撫養大。但在阿吉年少的時候，有一天，當他正在演武廳玩耍，忽然一陣狂風吹掉了屋椽，它跌在武器架上，把一把板斧打得飛起來，砍落阿吉的足踝上，從此阿吉就殘廢了。

阿吉現在就在皇宮裏當一個看門人。

阿吉帶師門去看他工作的地方，然後再帶他去灰色的屋子那邊看龍。

但阿吉討厭任何與步行走路或站立有關的事。他總是拿着一份地圖，似乎是好意地教師門由某處走到某處去，而結果總是讓他走進這所巨大迷宮的某些陷阱、走進有機關的房間、長滿倒刺的花叢或是潮濕的泥濘中去。阿吉自己則留在原地，哪裏也不去，有機會就嘿嘿地笑兩聲。

當師門因為聽阿吉的説話走前去而無意中被花園中一株巨大的捕蠅草當蒼蠅那樣捲起捲在半空教他不上不下的時候，阿吉帶着一份複雜的自卑夾雜着幸災樂禍的心情説：「你的腳好笨！」

師門沒被他氣倒。一溜煙跳回地面，就站在他面前，瞪着他。

阿吉嚇得退後一步。他一蹎一蹎地走過去，打開了灰屋子的門。

師門走進去。起先，只是灰幢幢的一片，他還以為又是阿吉故弄玄虛。走進裏面，有一幅劃開的空地，灰色的帷幔遮蓋着。他走過去，揭開這些灰色布幕，厚厚的塵埃立即飛揚起來，像雪，像雨的粉末或是狂風颳起的沙粒，瀰漫在空中，師門連忙閉上眼睛。

他聽見阿吉盡在那裏打噴嚏。當師門再張開眼睛。他發覺在面前這幅空地上，並沒有他原來期望的東西。他的眼睛再一遍掃過這空地，找不到他要找的東西。

然後，他看見阿吉一根猶疑的指頭，指着前面泥地上一處隆起的地方。

他看清楚一點，才發覺那不是泥土的一部分。

那是一頭蜷成一堆的生物 —— 這時他已發覺：那是一頭龍！但卻沒有光彩的顏色和耀目的鱗甲。反而混身都是泥沙，帶着灰棕的瘀斑，不知有多骯髒。牠伏在泥地上，跟地面分不開來了。

牠好像是睡着了，又好像沒有。總之是沒有一點精神，一副病懨懨的模樣。師門接觸過不少龍，卻很少見到牠們這樣子。他一想到這些養龍的人怎樣不知愛惜龍，怎樣糟塌牠們，他就忍不住生氣了。

他去打了一桶水回來。先替龍洗澡。他仔細地把牠洗刷乾淨，有些留得太久的泥漬，需要用力擦，然後才逐漸消去。

阿吉在旁邊看了一會，覺得沒趣，便走開了。


## 五

師門一回到工作的地方，便連打噴嚏。這些房間總是說不出的鬱悶，好像連空氣也不流通。外面是清涼的天氣，這裏是悶熱；外面溫暖，這裏可冷沁沁的。工作才不過幾天，他就傷風了。

他拿出紙和筆，開始開列要申請的東西：龍的食糧、一幅大草地、

河流、一間小石屋、陽光和充足的空氣……他寫了一半，又連打噴嚏。他放下筆，掏出手帕來。沒多久，他的手帕全濕了。然後他又繼續寫下去。

他寫好了，把名單拿給阿吉。

阿吉搖搖頭：「你該拿去用品部申請。」

師門又在那迷宮中轉了幾十個彎，終於找到用品部，但那官員搖搖頭：「對不起，我們每個月十五號申請一次，今天是十六號。你下個月才來吧。」

師門又打噴嚏了。

那官員瞄了瞄他手中的名單，說：「其他的用品或許有，龍的食糧卻一向沒人申請。」「那麼，以前這裏的龍吃甚麼？」

「狗食、貓食，有時是雞吃的穀粒。」用品申請管理署的官員慢條斯理地說。

「這怎麼行！」師門着急了。那位官員瞪他一眼，轉身就走。

師門喚住他：「我現在要申請龍的食料！」

「除非有皇帝的簽字。」那人邊說邊走遠了。

師門站在原地，忽然忍不住，頻頻再打噴嚏。


六

既然申請的空氣要一個月才有，師門只好日夜跑到養龍的屋子去。反正他要看龍，而且那裏的空氣也清新點。

那天他正在給龍洗澡，看見阿吉在門外走過。

師門喚住他。

當師門告訴他寫了申請書給孔甲，阿吉好像很驚惶地問：「你跟他說甚麼？」

「要他簽名申請龍的食料。」

阿古沉下臉來：「下次有甚麼，先跟我説。」

師門隨手在地上抓起一把草，使勁地咀嚼。他繼續替這頭龍洗澡。牠仍然是病懨懨的樣子，伏在地上，一直沒有站起來。有時師門伸手去扶起牠，但牠總沒法站穩，晃兩晃，又倒下去了。師門看着牠，牠的眼睛也無神，呆滯的目光看着師門，好像一個人要求救助一樣，但牠甚麼也沒説。他們彼此對視了一會。

阿吉説：「你洗澡洗得真慢。」

師門想到姊姊。他有點怕她，有時又忍不住詛咒她。他上工之前，她老早就説過：「我介紹你做這份工，你可不准埋怨，也不准跟人吵架。」好像她甚麼也看透一樣。哼！

所以師門只是再抓一把草塞住自己的嘴巴。

他拿布去抹乾淨龍的身體。現在牠看來清潔得多了。

「你應該用鐵擦去擦才乾淨。」阿吉説。

師門抬頭看他一眼，奇怪他怎麼還不走開，儘在這裏冒充專家。師門問他：

「你沒事做嗎？」

阿吉望他一眼，隨即換上一個笑容：「不是。我還要趕着做許多事，不過抽空來看看你。」歇一歇，又説：「申請龍的糧食，上面可能不高興。以前也沒有這樣的例。一向吃貓吃的東西，也不見有問題呀。可省則省最好，不然，激怒了上面的可不好……」

他又説：「以前那個養龍的劉累，我真佩服他！他説：『只要功夫好，不在乎吃甚麼，都可以把龍養好。』」説完這句含義深長的話，他就走了。

師門一個人呆呆地站在那裏，看着被以前那些人弄至奄奄一息的病

龍，不知是好氣還是好笑。等他再想扯草時，才發覺周圍的草已全給他扯光了。


## 七

師門暫時沒法教龍飛翔，就決定先讓牠爬行。他扶着牠，叫牠爬。牠笨笨地爬了兩步，就喘氣了。牠的頭顱好像太大，豎起一會，累了，垂下來，又勉力抬起來，爬一步，好像一個學爬的小孩子那樣。

師門伏在牠旁邊，跟牠一起爬。龍爬完以後，渾身都是汗，頭伏在地上喘息。牠大概許久沒有運動了。

師門看見外面的人影一閃，奔過去，原來是個牧童，怯生生躲在一角。師門招手叫他進去，他害怕地搖搖頭。看來他是想看龍，又害怕宮廷的守衛，所以只能躲在一旁遠遠地窺看。師門回過頭看看那些灰暗的房屋和呆板的高牆，誰會相信：裏面會住着有生命的龍呢？

師門問：「你叫甚麼名字？」

「阿木……」

師門想了想，說：「龍要吃東西，你能替我採些野果來嗎？」

孩子興奮地點點頭。

師門又說：「你採了來，就拿進屋裏給我。」

孩子張大了口，好一會才說：「我……我也可以進去嗎？」

「當然。」

孩子跑着離開了。

當孩子帶了野果來，他們就一起拿野果餵龍。師門寧願這樣，也不願龍吃狗和貓吃的東西。

他遞一枚果子給龍，一面教牠講話：「果！」龍瞪大眼睛看，注意地聽着，好像要專心學講話的樣子。

八

師門回到姊姊家裏，一衝入門就高聲說：「牠會叫我的名字了！」

見姊姊沒反應，他又再說一遍：「牠會叫我的名字了！」

姊姊正把一根幼竹一樣的長竿放在嘴邊，鼓氣一吹，竿的另一端就出現一些花朵，還有一些透明的圓球，一個罩着一個。

她放下竿，剝開一個透明的球，裏面有另一個球；再剝開這個，裏面還有另一個。

在師門目瞪口呆的當兒，她說：「學懂叫你的名字就夠了嗎？」

師門頹然折回門邊，坐在門跟上；看她再從那個小小的透明球中，剝出另一個更小的球來。

過了一會，師門索性舒伸了身體，閉上眼睛，在門前躺下來。日午陽光暖暖的，偶然有一陣清風。如果永遠這樣躺着，那該多好！再沒有責任，再沒有人事問題，再沒有麻煩，那該多好。但是，他曉得，明天他仍得起來，回去工作，回去面對那麼多問題。

「嘿！」冷笑的聲音。他睜開眼，看見兩個人影走過他身旁。「連師門也進了大機構養龍啦，說甚麼反叛呢！」那兩個人一唱一和地走過去。他認得，那是阿德和阿發，過去一起喝酒的朋友。他們怎會變得這樣說呢？

師門坐了起來。想不到，連曬太陽的樂趣也被人破壞了！

又有一個人影從巷子那邊走來，那是阿和。他親親熱熱地跟師門說了許多話，又誇獎他養龍的技術，說得師門開心得不得了；然後，他忽然壓低聲音說：「我現在經營肥田料，希望老兄多多關照。」

師門說：「龍怎能吃肥田料？」

「不要緊的，」阿和還在笑嘻嘻地說：「只要你有心關照，牠吃甚麼有甚麼所謂⋯⋯」

## 九

師門手中的刀子一起一伏地翻動，好像一管筆那樣。刀端碰到另一隻手中握着的木頭，木屑紛紛掉下來，沒多久，這截木頭的一端現出一個龍頭來；師門的手沒有停，他繼續雕龍的身。

他一邊雕木一邊跟對面的龍談話，告訴牠飛翔是甚麼一回事，告訴牠有一天終會學習這事，而到時牠就會曉得在雲層中比風還快地掠過是怎麼一種滋味。牠現在剛學懂了爬行，還有許多事要繼續學下去……

龍睜着大大的溫柔的眼睛細聽。牠或許不全聽得懂師門在説甚麼，但師門曉得牠在聽，而在這樣的時候，他們彼此之間就有一種默契，好像大家都明白對方一樣。

師門看看牠。雖然申請的東西過了個多月還沒有下來；幸而，靠着野果和運動，龍已經茁壯得多了。現在牠強健的身體中好像有一種躍躍欲動的勁力，已經不願意侷促在屋中。有時，師門帶牠到外面的空地，牠就會忽然急急翻騰自己的身體，撥動尾巴，重重地拍擊着地面，天氣開始變化，春天開始和暖的時候，牠會無端翻身和吼叫，好像有點甚麼要從體內掙扎出來的樣子。

有時，牠會説着簡單的字句；又有時，牠靜靜地伏在那裏，甚麼也不説。

師門繼續用刀在木上雕刻，他一刀一刀刻下去，一頭強壯的龍的身體便逐漸從木中顯現出來。

正在這時，門那邊傳來碰撞的聲音。他抬起頭，看見一個人捧着幾件大大的包裹走進來，連面孔也遮去了。

那是阿吉，他把東西扔在地上，説：「你要的東西來了！」

師門拆開包裹，叫起來：「魚網！這不是我申請的東西呵！」

「你申請了就不能換了。」

「但我不是申請這些東西！」

但怎樣說也沒用。要的東西沒來，不要的東西卻來了。阿吉卻板起臉孔，在那裏談規矩。

師門嘆一口氣。

阿吉臨走還要說：「是了，最近有人報告上面，說你常常不在辦公的房間裏。」

師門叫起來：「你曉得我如果不在那裏，就是在這裏看龍呀！」

「上頭希望每個人都依照工作的規矩。比如隔鄰養鯨魚的阿福，他何嘗不是準時辦公，簽署文件，還寫長長的報告書？」

「但鯨魚不是一種文件呀！」

「不理會你怎樣說。總之不要說我沒警告過你就好了。」

阿吉走了。師門長長地嘆了一口氣。看門的老人在外面經過，說：「這麼年輕，就動不動嘆氣了？」

師門看着那些沒用的魚網。最後他決定拿一面網改作自己的吊床。另一面網改給龍練習跳躍。

等龍跳得倦了，那便讓牠躺下來休息。一人一龍，各自躺在自己的魚網吊床中，搖呵搖的。


十

中午的太陽照着，是一個晴朗的好天氣，師門走進龍屋中，看見龍正在睡熟，而在角落裏，牧童阿木已經正在那裏看龍。

過了一會，阿木問師門：「你是一個馴龍師？」

師門想了想，搖搖頭。他躺到吊床上，仰首看那藍藍的天空。他說：「我只是一個養龍的人，我是不喜歡馴服甚麼的。」

他看了看熟睡的龍。牠的臉孔很安詳。這是一頭不同的龍。過去，

師門遇過不少兇惡、野蠻的龍，但這一頭卻是不同的。牠只是有時很活躍，有時很沉默，很憔悴的樣子。他們之間，可沒有經過甚麼工心計的馴服手段。

「這是一頭雄龍還是雌龍？」

「雌的。」師門回答。於是他又想到那頭死在馴龍師手上的雄龍。或許正因為這原因，這頭雌龍有時好像心緒不寧的樣子，牠會撥動尾巴拍起地面的泥沙，無端跳躍起來，或者長長地嘯叫一聲。在那樣的時候，師門就想去問問牠，是不是有甚麼心事。但他也曉得這樣問是沒用的。

現在牠正熟睡了。阿木好奇地看着牠。有些事，阿木是不明白的。

師門長長地打一個呵欠。昨天喝酒喝得太晚了，今天就精神恍惚，盡想着一些瑣瑣碎碎的事情。不行，他告訴自己說：數三聲，我就一定能立即站起來，去取水、工作。好了，一、二、二又二份一、二又四份三……

師門終於站起來，倒了一桶水，開始打掃龍屋。這一天的工作繼續下去了。

沒多久，龍緩緩醒轉過來。師門站在牠面前，看見牠睜開眼睛，抬起頭來看他。牠迷糊地搖晃自己的頭。然後牠爬起來。師門走出去，他回來的時候帶回了一把有幾十個人疊起來那麼高的梯子。他豎起梯子，然後在梯頂放一塊橫木，上放一朵百合。

然後，龍開始跳躍了。

第一次，牠長嘯一聲，躍上半天去。但距那塊橫木還有一段距離。

第二次，牠躍起時絆住了，沒跳多高就跌下來。

師門和龍都開始有點擔心。

也許因為這緣故，第三次，當龍躍高到距離木板還有少許的時候，牠倏地在空中一翻身，再向上衝去。但牠的衝勢太猛了，頭顱砰一聲碰翻

了木板，上面那朵花便跌下來。

龍本已在墜下，這時就立即一扭身，在空中張口銜住了花朵。

牠原本是應該不碰這木板而銜住花朵的。所以當牠跌回網中，在那裏一邊喘氣，一邊抬頭帶着詢問的神色看着師門時，他搖了搖頭。

師門取回木板和花朵，吸一口氣，想躍上梯頂。但他想了想，還是沿梯級走上去。把東西放回原來的位置。

等他回到地面，他聽見背後有輕輕的啜泣聲。是那龍。牠不知為甚麼竟哭起來。師門心裏有點着慌，不曉得自己剛才的批評是不是太嚴厲了。事實上，牠剛才能最後轉身銜回百合，已顯得十分敏捷，牠其實做得不錯。

一下子，師門變得不知該說甚麼。他忍耐着，不讓自己太縱容這龍。

正在這時，有人走進來，高聲問：「這裏幹麼這麼吵？」那是阿吉。

師門懶得回答他。然後阿吉一眼看見生面的阿木，立即帶着戒備的神色問：「這是誰？」

師門沒有理睬他，隨便他怎樣猜也算了。阿吉看看阿木，看看師門，又看看那龍，眼睛骨溜溜地轉來轉去，心中不知在想甚麼。

但師門已經不去管他了，現在師門的心又逐漸高興起來，因為他看見那龍，正在一下一下地跳躍，牠獨自在那裏重新練習了。


十一

師門今天很不快樂。

大清早回去，不見了那龍。這幾天，牠常常就是這樣，走出去一會，然後，回來的時候也沒說去哪裏。師門也沒問。

而當師門正坐在一角，就像任何一個沒有了龍的養龍人那樣，有一個小廝遞來了一卷長長的字條。那是上頭的通告。

師門看着這卷長長的通告，紙的一端在這小廝手中，另一端則在門外伸展開去。越過田畝、草原、直至宮殿的那方，他甚至沒法看到它的末端。

通告上寫滿了密密麻麻的命令，譬如：

（一）嚴禁外人進入龍屋。

（二）嚴禁在龍屋高聲談話、吵架或進行其他曖昧行為。

（三）一切職員必須依時上班下班，並端坐辦公室內。

（四）請向隔鄰養鯨魚的阿福看齊。

（五）……

諸如此類，諸如此類。

這樣的條文一共有幾百條。當師門看完，已經是午飯的時間了。他又氣又餓，便拿起這卷長長的紙條，好像吃麵條那樣把它們全吃進肚子中。

龍還未回來。


十二

阿吉安排師門去參觀鯨魚。

那裏的佈置五光十色，叫人眼花繚亂。進門處是一幅金色的絲綢帷幔，旁邊卻放了一盆大大的仙人掌，裏面廳裏放着一頭巨大的瓷虎，頸上卻圍了一串鑽石的項鍊。整個地方給人一種雜貨攤的感覺。

阿福笑嘻嘻地招呼他們在海邊的廂座坐下來，看表演。他拍拍掌，海中便躍出一頭鯨魚，牠頭上戴上花冠，頸間圍着花環，拍拍掌，牠便會打兩個筋斗。

阿吉不斷拍掌，在那裏叫好。

下一場，鯨魚臉上塗了兩團白粉，塗紅了鼻，戴上一頂三角帽。牠

把頭冒上水面，然後縮回水底；牠把頭冒上水面，然後又縮回水底。

師門打呵欠了。但阿吉卻在那裏笑得彎了腰。真不曉得，原來他是這麼欣賞幽默的人。

下一個問答的節目，由觀眾提問，鯨魚回答。

阿吉問：「甚麼是人生？」

鯨魚說：「哇哇哇！」

「甚麼是愛情？」

「哇哇哇！」

「甚麼是文學？」

「哇哇哇！」

「你看，」阿吉對師門說：「牠甚麼都可以談，而且都說得這麼簡潔。」

然後他又看表演，然後他又笑。過一會他問師門：「你可以把你的龍教成這樣嗎？」

師門想了想，說：「恐怕不能。我自己也沒法這樣簡潔地談問題。」

阿吉作了個很可惜的表情。

最後一個節目，由阿福和鯨魚合唱流行曲。大部分時間都是阿福的聲音。然後節目結束，握手、離開。

臨走的時候師門發覺阿木躲在一株樹上；他跟他打個眼色。

回到龍屋，沒多久阿木也來了。

師門回想剛才的情形，愈想愈好笑。阿木問：「你笑甚麼？」

「你不覺得剛才的節目很可笑嗎？」

「呵，是呀，很有趣。我覺得他們真不錯。」阿木興致勃勃地說。

「甚麼？」師門發覺阿木跟他的看法原來是完全不同的。他驚奇了，再追問一句：「你真覺得好？」

阿木點點頭。他也說：「你可以把你的龍教成這樣嗎？」

師門搖搖頭。他垂下頭，在那裏想一個問題。


## 十三

師門把鯨魚表演的事告訴姊姊，姊姊聽完，只是笑笑。並沒有師門那麼憤慨。她説：「你幹麼要去理會這些情事呢？」

她正在把一根一根顏色的幼線交纏在一起，夾在掌中搓。

師門説：「難道人們都沒有判別能力？」

他正替姊姊把彩色的線從一個竹籮裏整理出來，這些線又長又亂，各種顏色的線夾纏在一起，又有些打了結，分不開來了。

他弄得滿頭大汗。姊姊卻説：「慢慢來，不要以為一下子就可以全部解決。」

她把幾種顏色的線放在手中搓，沒多久，就搓出一根七彩的繩子來。他也學樣搓，顏色的線卻搓皺了，變成瞎七搭八的一團。

她看看他，忽然向他提出一個問題：「你覺得搓繩的方法重要，還是搓成的繩子重要？」

師門搔搔腦袋。搓繩的方法？搓成的繩子？他最害怕回答這類問題。

答了一個答案，過後想想，總像是另一個更對。

「搓繩的方法？」他又説：「搓成的繩子！」

姊姊搖搖頭，説：「兩樣同樣重要。」

師門有點不服氣，他覺得這樣的回答不是有點取巧嗎？生氣的時候，他甚至會覺得對方的安詳有點偽裝。人怎可能完全不動氣不罵人呢？他在肚子裏嘰哩咕嚕地説了一大堆話，説完，卻又覺得自己有點無理取鬧；於是又開始認真思索繩子的問題。

「繩子。方法。你搓成這些七彩的方法 —— 噢，我是説七彩的繩子 —— 有甚麼用？這繩子 —— 噢，我是説方法 ——」

## 十四

師門把龍帶到郊外一個懸崖頂的大草原上。他今天要教龍飛翔了。

偏偏今天是那些他醒來忘記把「信心」放入飯盒中的日子。

他看看龍。

他們之間談過關於飛翔的事，但牠還未開始試飛。而近來師門有時覺得跟龍好像離得很遠，當牠躺在對面，就像現在那樣，牠的心卻不曉得去到甚麼遙遠的地方了。

而在這樣的情形下，說話也是沒有用的。

他們就在懸崖上等待。師門告訴自己他是在等黎明的日出，等天氣的好轉，雲的清朗；誰曉得他是不是因為缺乏信心而盡在拖延呢？

然後，他感到龍用牠的尾巴輕輕推他。他抬起頭，驀然看見太陽已經在層雲上端。他沒看見它怎樣出來的，但它已在那裏。空氣裏充滿一些溫暖而恍惚的東西。他碰到身旁的龍的身體，感覺牠已在那裏躍躍欲動了。

他跨上龍背，牠一下子躍起來，從懸崖躍向天空。開始的時候總是輕易的，然後，當第一下跳躍還未到達雲層，牠的身體卻開始下沉了，一直墜落，向懸崖的下方，嶙峋的尖石堆那裏。師門沒想到一切來得那麼快，有一會，他感到，自己失去了那龍，失去了方向，一切都是那麼不可把捉的，墜向那徒勞與空虛的深穴。

他雙腳挾着龍背，沒有挾得太鬆或太緊，只是準確地讓牠曉得方向；手拍着牠頸背，但那也不是一個懇求或討好的手勢。他曉得一切必須由牠決定。牠得逐漸熟悉這些起伏的。

當那猛烈下墮的衝勢過後，當牠差不多要撞向懸崖下嶙峋的石堆時，牠忽然長嘯一聲，再回轉翻上天空。

師門舒了一口氣，但他還不敢鬆弛。

然後龍開始在空中迴旋了。

　　牠起先轉的圈子是緩慢的，然後，逐漸加快，像一條布帶，像一根皮鞭，捲着出去，啪一聲收回來。牠飛得不很穩定，只是好像內心有些東西在洶湧，迫牠向前奔竄，然後，由於顧忌或者熟悉，像一個鈎子那樣把牠的頭拐回來，又回到原來的地方。牠飛行起來不知是恐懼還是高興，一旦失了地面的依附，總不免搖搖晃晃的，就那麼在高空衝擊。牠像牧場上一頭野獸似的奔走咆哮，在地面看來或許像是美妙的空中的盤旋吧。有時牠翻騰身子，直衝上雲端，然後又翻下來。

　　師門一直在牠背上，就在牠旁邊。但很奇怪，他發覺牠的飛翔不是一種自由的快樂，而像是充滿了不安；那跳躍不定不知是輕快還是徬徨，有時牠拍散雲霧，驚起成羣的雀鳥，飛動時帶動虎虎的風聲，但牠並不是覺得這樣很快樂，牠只像是不知自己在做甚麼，不知自己想的是甚麼，也不曉得該怎樣去做。

　　師門有一點擔心，是一個養龍人對龍的擔心，另一方面，也因為他跟龍相處了一段時間，彼此有感情。有許多次，在龍屋裏，當他想開口的時候，他就發覺彼此共通的有限而簡單的字彙，不足以談這麼複雜細緻的問題。他沒法超越一個人和一頭龍的天生的阻隔。即使法術也沒用。姊姊警告過他，他自己也同意，不想亂用法術了。

　　這龍現在飛離了懸崖的上空，越過高山和河川，去到遙遠的地方。師門感到：當牠飛久了，牠的技術就純熟些，習慣了天空的氣候，也能敏感地感到氣溫的變化。師門的幫助使牠懂得多一點，技術使牠聰明一點，但基本上還是有些事情沒變，牠心中還是有那麼一些不穩定的情態。

　　有時，在某一個轉彎或躍高的時刻，師門偶然感到他們的心意相通，但隨又落空了，像被衝破的雲，碎散了。

　　龍的敏捷，使師門一次又一次感到牠的聰慧。在一天的練習結束

後，牠的技術已經進步許多。反倒是一些技術以外的問題，纏繞着師門的心，叫他對今天的成績，不曉得該是高興還是擔心。

## 十五

在回家路上，師門想着今天的事。他一方面興奮地想回去告訴姊姊：「我今天教懂龍飛翔了！」但又有些莫名的事煩擾着他的心；另一方面，他擔心姊姊會煞風景地說：「教懂牠飛翔就夠了嗎？」

他邊走邊想。走過榕樹頭的時候，看見阿木和一羣小孩正坐在那裏，聽人說故事。説書人是個老頭子，他的身藏在樹幹裏，只在樹身的洞眼中露出頭來。他的臉孔不斷變化，有時閃光，有時碎成片片雪花的模樣，有時是一條條波紋，有時則變成一塊牌子，上面寫着：「暫時發生故障……」小孩子們都被他吸引住。

這説書人正在説超人的故事。他正在説超人有許多種，有些是蒙着臉孔的、有些是有一千隻眼睛的、有些是崩了門牙的、有些是塌鼻子的。

正説着，忽然他的臉孔就模糊了，藍色的光亂閃起來。有個小孩子走過去朝樹幹踢一腳，他的臉孔又重新變得很清楚。

他繼續説超人。説了一回，然後大喝一聲：「風雷電！」嗖的一聲，整個人飄到天上去。

孩子們都看得目瞪口呆，阿木也在那裏，張大了合不攏嘴巴。師門想起他今天本來説要來看龍練飛的。

原來他來了這裏。他現在正在興奮地拍手叫好。

師門看着飛到半空的那個説書人。這麼多人都懂飛翔。超人們都懂飛。飛並沒有甚麼特別。

師門繼續走回家去。一步一步緩緩地走。他不打算飛，甚至也覺得教懂龍飛沒有甚麼了不起了。

## 十六

阿吉站在龍屋的門邊，用力敲牆，並且高聲喊：「有人在嗎？」

師門正在木鳥的肚子裏鎚釘，聽見喊聲，倒吊着身從木鳥的肚中伸出頭來，他起先認不出是誰，過了一會，才認出是阿吉。師門忍不住笑起來，想不到嚴肅的阿吉倒過頭看起來是這麼滑稽的。

阿吉卻不耐煩了：「你這是幹甚麼？」師門翻轉身，從鳥肚中躍下來。阿吉走過去，敲敲這頭巨大的木鳥，滿臉狐疑地問：「這是甚麼？」

「木鳥。」

「跟養龍沒有甚麼關係吧？」阿吉看着師門的臉，要看他怎樣回答。

但師門只是說：「有關的。」

阿吉再半信半疑地回頭看這木鳥一眼。然後他決定暫時不去理會，先辦完正事再說。

他從懷裏掏出許多東西來。第一是一疊文件，共有幾百頁紙，師門看了半天才發現它的意思只有一句話：下月某日孔甲要來巡視，看看養龍的成績如何。

阿吉又再遞給師門一些東西，包括一頂又紅又綠的紙花冠，還有幾個金鐲；他叫師門把它們戴在龍的頭上和爪上，他認為這樣子這頭龍「看來就更有氣派了。」他一遍又一遍囑咐師門，告訴他這樣一定可以討好孔甲，搏取他的歡心。

師門任他把東西放下，依舊站在木鳥的旁邊，鎚這鎚那的。

阿吉臨走前，還仔細地瞪着木鳥，好像它裏面蘊藏着甚麼秘密。

師門拍拍它的頭，「蓬」一聲，一羣鳥從它腹下衝飛出來，把阿吉嚇了一跳。他受了驚，又因為自己受驚而感到羞恥，加以他不明白這是甚麼一回事，所以他生氣了。

他伸高手，用力去拍打那些鳥兒。他漲紅了臉孔，當它們是一些敵

人。他的手拍中一頭鳥兒的翅膀，牠倏地掉下來。原來那只是一塊木。

師門的嘲諷的笑容露出來了：「你連真的鳥和假的鳥也分不出來。」

他走過去，拾起其他落在地上的鳥兒。它們都是用木做的。他見阿吉露出不服氣的神色，便說：「不是嗎？」

他走到窗旁，伸手到窗外去。手縮回來的時候，掌上多了一頭鳥，牠用一足站着，還在吱吱喳喳唱歌。

然後師門再拾起地面上的一頭木鳥。他背過身去，過一會，他轉回身，每隻手上各站着一頭鳥。

「好了，」他說：「你告訴我，哪頭是活鳥，哪頭是沒有生命的鳥？」

阿吉看看這頭鳥，然後又再看看那頭鳥。對他來說，它們是一樣的。他更生氣了，覺得這對他的判斷能力是一個大大的挑釁。他回轉身走了，砰一聲把門重重關上。

師門手一揚，放走那頭活鳥。

師門把一根幼繩纏在那些小小木鳥的足上，纏了幾個圈，然後一扯，木鳥就像真鳥那樣飛起來。

然後他唿哨一聲，喚來幾頭活鳥，活鳥和假鳥就一起在室內上下飛翔。偶然碰在一起，假鳥立即墜到地面粉碎了。

師門拾起阿吉帶來的難看的花冠和金鐲，仔細地環顧四周，不曉得把它們放到哪裏才好，最後他看見放在牆角的一桶桶的漆，便把它們蘸進漆中，然後一口一口把它們吃掉。

一口是紅漆，一口是黃漆，吃完以後，師門整個嘴巴五彩繽紛的。他用手背抹抹嘴，手背上就長出一個花園來。

他獨自坐在一角的陰影中等待。龍出去了那麼久，還沒有回來。他甚至不曉得牠去了哪裏。他覺得有點不舒服了。他想那一定是因為吃下了整整一枚難看的金鐲的關係。

## 十七

今天是那些師門煩躁不安的日子之一。他倒瀉了開水，鎚壞了釘子，跟各部門的主管吵架，而且無端地在屋外來回徘徊。

那些假鳥還是堆在屋角，在那頭巨大的木鳥腹下，看來栩栩如生。但龍不在，師門沒機會給牠練習了。

師門信步走出屋外，走過草原，來到懸崖那裏，在一塊大石上坐下來。前面是依稀的雲霧，看不了多遠，前面的山峰，只露出頂端一彎極淡極淡的輪廓。而山霧從下面湧上來，白濛濛的一片，濕潤、溫軟、輕淡，一些沒有形狀的東西，湧起來又消失了。

在霧中好似有事物在晃動。在霧比較稀薄的地方，隱約瞥見像龍的鱗甲那樣的東西，然後，風吹動，霧攏合，一切又看不見了。

師門想呼喊，猶疑了一下，又沒有喊出來。他不大清楚霧的那面究竟有沒有甚麼。他等了一會，那邊卻又沒有動靜。然後，等他想離開的時候，霧氣湧動，形成漩渦，好像確是有一頭龍在那裏盤旋，搞動氣流，又或者是隔着一層雲霧向牠招呼。他靜心傾聽，依稀的霧又再逐漸溶合，只有風的聲音了。

師門再坐了一會，然後站起來離去。他走了幾步，忽然聽見背後「樸樸」的拍動風的聲音，回過頭去，只見一雌一雄的兩頭龍矯捷地飛向天上，轉眼就在天邊消失了。

## 十八

師門回家去，見不到他姊姊。已經有幾回是這樣了。他想她或許是去了遠行。現在有甚麼事情，他也沒有人可以問了。

龍還是那樣子，有時出去整個上午，有時安靜地耽在龍屋。牠現在飛得好多了。但當師門的手揚起，牠有時還是分辨不出活鳥和假鳥，有時

矯捷美妙的飛翔只是為了追逐一頭木造的假鳥，有時則又會把煙突上的炊煙誤當雲霧，或者教大湖的倒影迷惑了。這龍本身有好的質素，當牠要學習的時候可以學得很好，只是有時情緒起伏不定，或是無端荒廢時光，把進步拖緩了。

師門坐在家的門跟上，看着燕子和麻雀飛舞。牠們有時靜下來，停在那裏不動，有時則又飛來飛去，一面還不斷發出聲音，牠們跟木鳥的飛翔是不同的，木鳥很穩定，固定了一種姿勢，就一直保持不變，而且只能由人控制從一點飛到另一點，不能自己作主隨意飛翔。

龍的飛翔也像燕子和麻雀，是自發的。雖然有時顯得不穩定，但卻是自然的翱翔。

師門只是感到，作為一個養龍的人的無可奈何。他感到有一個關係，有一種責任在那裏。他只是覺得可惜，自己許多時未能做得更好，未能更切實地幫助這龍。

他想到目前的這份工作。他又想到最近接到的一連串通告，會議的決定、權力的播弄、人與人的傾軋。想到這些事情就不開心起來。看來這份工作也不長久了，原以為可以忍受的；到頭來，發覺許多事還是不能。已經一口又一口地吞下了這麼多鎚子、釘子、鐲子，結果發覺還是有些東西吞不下。

吞不下又有甚麼辦法？最糟糕是不能光吃花朵。師門想。過去他可以光吃花朵生存，糟糕的是他的法術逐漸消失，而他逐漸變回一個常人，要吃白米煮成的飯。而當你要吃飯，許多時就要連帶吞下許多別的東西了。

他抬起頭來：麻雀和燕子卻已飛散。面前甚麼也沒有。前一刻，還是這麼多飛的聲音和姿勢；後一刻卻甚麼也沒有。

地面上有一個人的影子移過來，師門抬起頭，看見那是小小的牧童

阿木。

阿木站在那裏，開始談鯨魚的表演，談完就説鯊魚的表演。

師門近來不曉得怎的變得有點辛酸，而他説：「你以為這樣的表演就很了不起了？」而阿木看看他，説：「你為甚麼總是罵人？」

過了一會，阿木又説：「你以為自己就全對了？」

師門有點不安，他開始後悔剛才憤慨的説話。但話説出來就沒有辦法。他想：自己真的全對了嗎？

他曉得有許多事阿木並不明白。但師門也曉得：自己雖然沒有全錯，但的確也沒有全對。某些事情在骨節上卡住了。他不知那是甚麼。

而既然自己還是有許多問題沒法解決，又如何可以做一個好的養龍人，好好地教導一頭龍呢？

師門採了一朵花，輕輕地撕下一瓣來，放進口裏。

「既然我自己也不成熟，又怎可以教一頭龍成熟？」

「也許我該離開牠。」他説。

然後他又撕下另一瓣：「但如果我走了，牠落到別人手上會不會更糟？我並不想來個劉累之類的傢伙把牠宰了。」

「再説我自己，」他又撕下一瓣花：「如果我又不做，姊姊一定會生氣。而且我又得找別的工作了。」

他再撕另一瓣：「但如果留下來，許多限制是無法忍受的。在這樣的情形下也做不出甚麼事來。」

他一瓣又一瓣地撕着，把整朵花撕光了，還是想不出問題的答案。

他聽見背後有聲音，以為屋中有人回來了，很高興地回過頭去，卻發覺一個人也沒有。屋角那副紡織機空置着。地上冷清清躺着一根用許多顏色的線揉成的繩子，沒有人把它拾起來。

## 十九

師門拍拍龍的身體，手掌卻觸到牠身上的鐵鍊。那是阿吉昨天加上去，據說是奉了上面的命令。為了孔甲的巡視，阿吉花了不少心思。昨天，他就拿着這麼一大條鐵鍊，一趔一趔地走進來，說要把龍拴住。當師門跟他分辯的時候，他就一把推開師門，憤怒地自己動手了。他一個人舞動這麼大的一條鐵鍊，結果確是費了不少勁才把龍鎖好。

今天就是孔甲來巡視的日子。但現在這頭龍鎖上了鐵鍊，卻顯得沒精打采。牠的目光呆滯地看着前邊，不知落到哪裏去。

為了保持龍屋的整潔，阿吉已叫人把屋中的一切雜物，包括鳥兒、花朵、魚網等一律搬走。現在只剩下空蕩蕩的四面白牆。而這一人一龍就都是呆呆地坐在那裏，在這空屋子中，等候着。

師門憑着門外漏進來的陽光，看得出現在已是接近午時。他已等了許久，他開始感到有點煩厭了。他奇怪為甚麼有勢力的人總喜歡叫人等候。想起來，各種人總是有各種方式來叫人認識他們的權力，而這些方式往往是很奇怪的。

外面連鳥兒的叫聲也停了。一定是阿吉關了所有的掣。他們就坐在那裏，等候着。

然後，許多個然後以後，鼓樂聲忽然震天價響，人聲大吵大鬧。好像變戲法那樣，本來空白的牆壁忽然一下子站滿了人。驟眼看去，還叫人以為這牆上滿是人像的浮雕。

而這些人像都會發聲。嗡嗡嗡嗡的。把龍嚇得不曉得發生了甚麼事，忽然跳了起來，縮到角落去。牠很害怕，不曉得這算是甚麼一回事。

孔甲示意讓龍表演飛翔。阿吉拿着鎖匙走過去，開了龍的鎖。但牠仍然縮在那裏，動也不動。

師門走過去。他帶着牠走到門外去。在空地上，他讓牠飛。

這頭龍躍起，立即又跌下來。剛從鐵鍊中釋放出來。牠還未習慣，站也站不住腳。剛躍起，身體搖搖晃晃的，又跌下來。

旁邊的人，有一兩個在那裏竊竊私語。

阿吉看看師門，師門卻沒有甚麼表示。

龍掙扎了幾次，終於躍起來了。牠一下子衝上高空，越過了雲層，然後再翻下身來。人們仰高頭，就可以看見龍在天空舞動。牠矯捷得像一道閃電，猛然回身的時候拍響像一聲雷霆，牠靜止的時候是一團浮雲，飛動的時候又飄忽如風。牠就像自然，牠的姿勢是隨意的，沒有一般舞蹈或體操的規律，但卻有那種敏感的變化和轉折，牠起伏、進退、上下翻騰，自有一種連貫的韻律。牠就像剛從牢囚中出來，第一次感到身軀的自由，盡量去發揮它。它像是第一次憑着自己的活動，感到了無數新的可能。現在，沒有鍊鎖住牠，沒有牆圍着牠，牠要怎樣都可以了。

師門看着牠的飛翔。他原來有點擔心，現在卻發覺牠比他想像中飛得好。他看看周圍的人，他們有些仰視天空，有些低頭看着地面，偶然又有一兩個人交頭接耳談話。他們看到龍的飛翔，有甚麼感覺？有甚麼反應呢？他們到底有甚麼意見？是喜歡還是不喜歡？從那些木然的臉孔中他找不到答案。他沒法知道他們怎樣想。看着別人這樣瞪着眼而甚麼表示也沒有，實在是很奇怪，很尷尬的感覺。

連阿吉也沒有說甚麼。他只是在孔甲耳邊低聲說過幾次話。在那樣的時候，師門就感到自己好像一個待判決的犯人。最後，阿吉問師門：「你有沒有預備甚麼特別的節目讓牠表演？」

師門搖搖頭。

於是阿吉便向天空高喊：「夠了！」他叫那龍下來。

但龍沒有反應。

於是他轉向師門。

師門待龍飛到一個段落，歇息的時候，向天空叫喚。龍再轉了個圈。便落到地面上來。牠不曉得有甚麼事，張大眼睛瞪着師門。

　　阿吉連忙走過去，「卡答」一聲又把龍鎖起來。龍連忙翻騰身子，牠抗議這無理的囚禁，要從鎖鍊中掙扎出來。牠翻動身體，弄出響亮的聲音，拍起滿地的灰塵。人們逐漸散去了。

　　師門看着龍。然後他低下頭，避開龍的困惑的、求助的眼光。


二十

　　師門走進龍屋，忽又連連地打起噴嚏來。現在這裏的空氣不知怎的也好像窒悶起來了。

　　龍呆在一角，現在牠又回復初見師門時的樣貌，儘管現在牠的身體已茁壯，但那神色又是呆滯的。開始被鎖上的那幾天，牠還努力掙扎過，試了一次又一次，但一點用也沒有。牠終於認命地伏下來了。

　　師門手中把玩着一頭木鳥。牠的樣子看來栩栩如生，但看仔細點，就會發覺那嘴尖儘管尖鋭，卻是木的粗鈍；眼中雖然有眼珠，卻是不能靈活轉動，也不能隨自己意思集中注視一樣東西；牠可以飛翔，但只能依固定的路線而不能作主；牠的嘴是連合的，所以就不能張開，也不能唱歌。

　　師門看看木鳥，又再看看逐漸變得呆默的龍的面貌，他愈來愈擔心了。他把木鳥放下，又拿起肘旁那份新的通告來看。上面有一份文字和歌詞，是上頭指定作為訓練龍所用的範本，是剛送來，要師門教給龍的。

　　師門拿起來唸，發覺裏面的文字錯漏百出，辭句也不通順，實在寫得馬虎。他拿起歌譜來唱，發覺那調子平板呆滯，只是不斷重複着同樣的聲音。

　　而這些文字或是歌詞，意義都很浮淺。不外是説如何才是一個更聰明的人，如何才是一個更精乖的人。歌中充滿了輕易的傷感，或是虛假的

樂觀，又或者作着各種概括的結論，說生命就是甚麼，人生就是甚麼，友愛就是甚麼……

師門合上這份文件。他看看龍。他不曉得牠如果接受了這文件中所說的種種觀點後會變成一條怎樣的龍。他不敢想像下去。

他看着龍，心中作了一個決定。

## 二十一

這一天，師門就像平常一樣一早回到龍屋去。但這一天他並沒有像幾天來那樣坐在角落發呆；他很迅速地掩上門，從袋中拿出幾塊鋒利的石塊，動手去鑿開龍的鎖鍊。

龍起先仍然伏在那裏，奇怪地看着師門。等一個環鑿開了一半，牠才明白這是甚麼一回事。於是牠就興奮起來，開始昂起頭，興奮地呼叫了。

師門連忙禁住牠。儘管龍已經躍躍欲試，他也只能緩緩一下一下的敲鑿。有時，聽見外面好像傳來一些聲音，他立即又停了手，站在門邊向外面窺望。弄清楚真的甚麼事也沒有了，才又繼續做下去。

龍仍繫着半邊鐵鍊，但牠卻開始不斷頑皮地躍高，只因身上的重鍊，才又仍然墜下來。牠現在的神色，跟幾天前可差得遠了。師門專心地鑿，沒多久，這鍊就全斷了。

師門帶着龍一起走到外面去。

他們來到懸崖那裏。

到了那裏，師門就站住腳了。

龍抬起頭，大大的眼睛望着師門，就像初見師門時的那樣。牠終於也明白這是甚麼一回事。

師門揮揮手叫牠走，牠還是伏在原地，沒有離去。

然後，忽地從空中飛來另一條雄龍，在這雌龍的頭上盤旋。這龍仰起頭看牠，認出是早一段日子的遊伴。就躍起來，飛向牠。

這兩條龍並肩飛了一個圈，然後雄龍飛高一點，雌龍跟着飛高一點，然後雄龍飛遠一點，引着雌龍遠去。

這龍飛遠一點，又擺動尾巴，回轉身子過來看師門一眼，然後又趕着轉身去繼續飛，追上雄龍，牠再飛遠一點，又回過頭來。牠一共回過頭來九次，空中的雲被牠捲成九個圓圈，一個比一個小。最後牠變成一個黑點，在天邊消失了。

師門看着牠離去，他本來是來放牠走的，但等牠走了卻又覺得很不安，心裏又有新的擔心。現在他讓牠免於囚禁的束縛，但這種放任的自由會不會對牠也有壞處？到底，牠還未學懂一條龍所應學的東西，還未有準確的判斷能力，卻不能不提前進入這廣闊多變的天空。而許多事情已沒法改變了。


二十二

門上的小窗拉開了，有一對眼睛朝這狹小的監房掃視一遍。然後又拍一聲拉回窗。於是房間內又是一片黑暗。

師門一動也不動地坐在這裏，聽着外邊的守衛的腳步聲，一步一步的，由遠而近，又由近而遠。師門的思緒也是如此。他有許多事情好想，這幾天內有許多事情發生了。他想着最近的事，連到過去的事情上，他的思想就像守衛的腳步，由遠而近，又由近而遠。

在師門的對面，有個人蹲在那裏，看來像陰影一樣。

有一個小白點向師門竄過來，那黑影移得更快，在師門面前一把把牠兜起。師門看清楚了，那是一個老人，手中托着一頭白老鼠。

他跟師門招呼：「我是養老鼠的阿白，你是誰？」「我是養龍的

師門。」

他把老鼠放下地面，牠一溜煙地竄走了。「是為甚麼關進這裏來呢？」

師門說：「因為我把龍放走了。」

「哦。」阿白說：「我可不同。阿吉偷了老鼠的飼料去賣錢。事情弄大了，他就嫁禍給我，讓我坐牢。」

「你不可以跟孔甲說嗎？」師門問。

然後那老人就爆發一連串哈哈的笑聲。「你一定來這種地方工作不久，在這裏，許多事情是不同的……」

師門想了想，沒有說話。這時白老鼠又回到他們腳旁。師門托起牠，牠卻在他掌中吱吱地亂叫亂竄。

阿白接過去，牠立即靜下來。師門注意地看看他的手掌，卻看不見甚麼不同。

阿白笑道：「我養老鼠有五十年了。」師門想想自己養龍的日子，不禁有點慚愧。

這時門上的窗子又「啪」一聲拉開，守衛的眼睛又從那裏窺進來。老人把手上的老鼠舉高晃了晃，嚇得那人連忙關上窗。

他們哈哈地笑了起來。

師門問：「老鼠……那麼你一定養過很多老鼠了，又看着牠們死去。」老人輕輕地點頭。

「老鼠的壽命有多久？」

「大概兩年左右。」老人說。

師門想了想，說：「那不是有點徒勞……」

師門繼續說：「那不是像用一個破杯去盛水？一邊盛，杯子一邊漏，結果怎樣也盛不滿……」

「牠們在兩年中也可以學到很多東西，做很多事了」，老人搖搖頭說，「而且，教了一頭老鼠，我得一些經驗，教新的一批老鼠時，就懂得怎樣做更有效。」

師門不作聲，用手逗那老鼠。牠向後縮，師門沒法觸到牠。等他再伸手，牠張開嘴露出小小的白牙，嚇得他連忙縮回手了。

師門看着這老鼠，他始終沒法接觸牠。對他來說，每一頭老鼠都那麼陌生，看來都一樣。龍卻不同。他認識每一種龍，像那頭龍，認識了一段時光，更像是一個友人，有關心，有衝突，分離後亦有惆悵。師門想老人的話無疑有理，但那感情的部分又如何呢……

老人看着師門笑笑，放下了老鼠，好像想說甚麼，想告訴他甚麼，但忽然，門又響了。

這一次，克里卡察地響了好一會，卻不是拉開門上的窗子，而是整扇門拉開。四個兵丁衝進來，要押師門出去審訊了。

師門走到門口，回過頭去看那老人。見他臉上掠過一絲擔心的神色。師門問：「你剛才想告訴我甚麼？」

老人搖搖頭，說：「沒有用，太遲了。」

四個兵丁呼喝着押着師門離去，他們沉重的腳步聲，嚇得門邊的白老鼠驚慌地向四方奔逃。


二十三

師門眼前一片漆黑。那是蒙在他眼前的黑布，他曉得。而且也綁得太緊了。額上的汗水不斷滴下來，癢癢的，但他卻沒法去抹。他只是被人推着跟跟蹌蹌地走前去。

一切都這麼快，沒想到一切是這麼快的。從審訊到判決到行刑，不過是剎那間的事。他感到有點荒謬，好像本來在開玩笑，忽然一切當真，

一切都不能改變了。這樣被人用黑布蒙上眼睛，推着一直走向刑場——也許還有人在旁邊圍觀——一切都像是不真實的。

他心中湧起千種情緒。那不是恐懼，因為師門曉得以自己僅餘的法術，經過斬首還不致失去生命；那是一些洶湧的忿忿然的感覺。像是遭受侮辱、或是不公平的對待、或是覺得自己這樣被人滿不在乎地打發掉而感到不甘心。他再一遍想到在那裏工作的種種荒謬與不合理的地方。但是，儘管他當那是一個可笑的玩笑，別人卻一直是當真的。某些事，他一向的做法，間接地導致了今日的下場。

有人拉着他，示意他不用再向前行。一定是刑場到了。很靜，不像有人圍觀。他有一點失望。想不到把一個養龍師處死不過是這樣微不足道的一回事。在整個巨大的制度中，他不過是一顆微塵，一枚出了問題的釘子。隨便扔掉算了。從全面來看，他甚至沒有自己所想的那麼重要。

養龍不養龍，每個人還是照樣生活下去。

他感到有點迷亂，不大清楚。有人解開他的衣領。他感到頸間一陣冰涼。那是風吹，他感到在頭上，正有一個人舉起了刀。

他彷彿聽見了風和雷霆的聲音……


## 二十四

孔甲看着這躺在地上的屍體，感到説不出厭惡。

天色這麼陰霾，路旁的樹搖響，發出簌簌的聲音。他感到有點麻煩，他不想跟這怪人有甚麼接觸，他揮揮手，叫阿吉把這屍體帶到荒郊埋掉。

然後他乘上座駕車，動程回皇宮去了。

才行了不遠，雨便落下來。那是一場滂沱大雨，説來可就來了，大顆大顆的雨珠，敲打在車的篷頂上，一下一下的，彷彿一個追問的聲音。

孔甲感到心煩，從布篷中窺望外面，只見一個白濛濛的世界，沒有秩序，沒有邊界，只是雨水的狂野的衝擊。那是他的權力控制範圍外的世界。他拉上簾，不要看，但雨仍是那麼猛烈，雨水甚至從布篷中滲進來，濺濕了他的堂皇的衣袍。

於是他又把簾子拉開一道縫，窺望外面的雨。他看見大點的雨急急地落下，像是乳白色的，他看兩旁的草木，上面好像也沾上了白色。他想這是降霜，或許是降雹，這些白色的雨帶給他一種懼意，那些陌生的東西！他感到有點寒意，伸手把衣領拉攏。他看見地上的積水，愈走愈深，愈走愈泥濘了。車的木輪有一半淹沒在水中，有時則陷在泥濘裏，要用力推才轉出來。孔甲慶幸自己是坐在車中，而不是站在路上，在滂沱的雨中。

雨愈下愈大，然後，翻起了巨風，把雨攪拌得如亂撒的沙子；跟着銀光一閃，天上傳來雷霆的聲音。孔甲感到車子在輕輕頓搖，然後他發覺，那是他自己在顫慄。

過了一會，忽然風雨都停了。草木上還噙着水滴，道路還是那麼泥濘，但山野間卻突然一片靜默。風雨來得快也去得快，那寂靜，好像在暗示另一場風雨的來臨。

果然，沒多久，背後就傳來爆裂的「樸樸」的聲音。孔甲回過頭去，只見道路兩旁的樹木都着了火，正熊熊烈烈地從背後蔓延過來。好像兩條火龍，從背後飛來，要把他吞噬了一樣。

在那些聲音中，斷續傳來馬蹄奔跑的聲音。馬兒跑到車旁，那是阿吉。他向孔甲報告說：

「埋下那怪人以後，空中風雨大作，然後，樹木都起火了……」他一邊說，一邊喘氣。

孔甲也害怕了，連忙命阿吉帶着香火，去師門的墳前拜祭。

阿吉應命而去。孔甲繼續乘車前行，兩旁還是火光熊熊。他坐在車內，看着那些帷幕的絲綢上的花紋。一個一個的龍頭，彷彿要活過來，彷彿在那裏轉動，咆哮，要撲向他的身上，他長久注視着這些圖形，感到一陣暈眩……

這車一直回到皇宮面前，衞兵來打開車門，讓孔甲下車，卻發覺他已經僵死在車內。


## 二十五

師門從泥塚中鑽出來，安好自己的頭顱。發覺四周的人羣已經散了。

他走過滿地的灰燼的顏色，嗅到一些燒焦的氣味，看着這些破壞過的痕跡。但他要一直走回城裏，聽見別人的談論，然後才曉得這事的後果：孔甲已經死了。

他感到意外。因為他最後一次施展法術，不過是出於一時的憤激。他在憤怒中呼風喚雨，讓草木焚燒，只是一種發洩，為了報復，或者是向孔甲作一個恐嚇。他可沒料到會造成這樣嚴重的後果。現在孔甲已死，這事是沒法挽回了。

他懊悔地踱過大街小巷，穿過人來人往的市集。他想到這幾個月來的事。養龍沒有養好，做事沒有效果，一切都弄糟了。好像他一直以為反叛推倒那扇高牆就一切都好，但現在推倒了，卻發覺只是一大片空蕩蕩的空間。

而且他聽到消息說：現在是阿吉握權。由阿吉來握權，事情只會更壞了。他覺得自己把事情弄成一團糟。他懷念過去那些無拘無束的吃桃李花的日子；想不到一旦去到人羣中，就產生這麼多糾纏不清的關係。他想離開這一切。他把事情弄糟，現在他想走了。

他走回家裏，走進天井，在那裏堆起一堆柴木，生起火來。他口中

唸唸有詞，圍繞火堆轉三個圈，這是師父傳授的最後一套法術，只要他向火中縱身一跳，然後便可以隨着那火，隨着那煙，冉冉地升到天上去，離開人間，在天上過着神仙的生活。在跳之前，他環顧四周，一遍又一遍地看看這熟悉的地方。然後，他跳進火堆中。

但法術沒有靈驗。他沒有向上飛升，只是因為雙腳被燃燒的柴木炙痛而整個人跳起來；煙燻着他的口鼻，叫他咳嗽流淚；而火勢猛烈，叫他抵受不了。他連忙跳出來。師父可沒說過會這樣。

他再生一堆火，再唸唸有詞地圍繞着它走三個圈，然後再跳進去。但沒多久又「哇」一聲跳出來，撫着雙腳雪雪叫痛。他嗅到烤肉的味道，叫他感到肚餓。但立即他發覺那是他的腳，有一半燒黑了。然後他聽見背後有人說：「沒有用，你的法術已經廢了。」那是姊姊，不知甚麼時候回來了，她說：「你間接害死一個人，這破了你的法術。從此你只能留在人間了。」

師門頹然走出去，漫山遍野的走，不知道幹甚麼好。他懷念那頭龍，但牠已不知去向。所以，後來在一道瀑布旁發現一頭小毛龍的時候，他就決定把牠帶回家去，他想這一次自己一定要做得更好。反正他留在人間的日子還有這麼久，他決定再嘗試一次。

一九七五年四月

## 【賞析】

### 不容於世的養龍人

師門和孔甲的故事，除了《列仙傳》外，亦見《左傳》、《呂氏春秋》

甚至《史記》等古籍[2]，可見這個故事，在古代是廣為流傳的。

這則故事改編自袁珂的《中國古代神話》。大概是說師門從名師嘯父處學得養龍之術，奉命入宮豢養一條奄奄一息的雌龍。在他的悉心照料下，龍從爬行、跳躍，到最終可以飛翔。但在世俗人眼中，師門的性格怪異；養龍的方法和目的，也和孔甲的意願相違。最後，他不忍龍受到虐待而放走了牠，因而被孔甲處死，葬於荒野。回程時，風雨大作，森林大火，孔甲疑心是師門的亡靈作祟，懼怕不已，便回去拜祭師門，但最後自己亦難逃一劫，死於回宮途中的轎子裏。袁珂的故事本來到此為止，但落到作者筆下，是師門復活，也給予這個角色在人世間一次重生的機會。

故事帶有濃厚的神話和魔幻色彩，例如師門「食桃李花」，作者則寫到他也吃果葉樹幹，甚至吃長長的通告，吃蘸了漆的花冠和金鐲，還有鎚子、釘子、鐲子，幾乎甚麼都吃，但「結果發覺還是有些東西吞不下（忍受）」。他「亦能使火」，但因他間接害死了孔甲，最後「使火」的法術失靈，升天不成，既然只能留在人間，他決心要把養龍的事做得更好。作者安排他面對現實，而不是以「升天」來逃避紛擾混濁的世界，流露出他重視現世的生命觀。

除了「魔幻」部分有趣，作者借古喻今，小說中的皇宮就有現代任何一家機構「寫實」的影子。根據〈影印機與神話——《養龍人師門》後記〉裏，我們知道作者當年剛畢業，在一家影印公司工作，「敏感地覺得許多事不對勁，還沒有能力立即從大處去了解它，只隱約地感到人們的微笑背後有一種焦慮不安，有一種沒說出來的競爭和權力鬥爭存在，對一些事件感到憤怒，對一些無辜者感到同情」。小說裏的阿吉，「總是拿着一份地圖，似乎是好意地教師門由某處走到某處去，而結果總是讓他走進這所巨大迷宮的某些陷阱，走進有機關的房間、長滿倒刺的花叢或是潮濕的泥淖中去」，這些「陷阱」、「有機關的房間」、「長滿倒刺的花叢或是潮濕的

泥濘」，不就是現代辦公室政治中「沒說出來的競爭和權力鬥爭」的部分嗎？師門的前任劉累，沒有甚麼本領，只靠「巴結上面」，便得到這份工作；經營肥田料的朋友，知道師門進了大機構，要他「多多關照」，買肥田料給龍吃，「只要你有心關照，牠吃甚麼有甚麼所謂……」走後門、拉關係，這些不健康的行徑，似乎成為常態。小說中寫到師門「接到的一連串通告，會議的決定、權力的播弄、人與人的傾軋」，便明顯地點出職場（甚至可以放大至社會、政府、國家……）中好些教人「焦慮不安」、「憤怒」的現象。

除此，作者還嘲諷了機構中僵化的官僚制度，例如要申領物品，只能每個月限時申請一次；師門想為龍申請糧食，但因為沒有先例，「可省則省最好，不然，激怒了上面的可不好」；送錯來的東西不能換，也不檢討是誰出了錯；衡量工作好的標準是依照規矩、準時辦公、簽署文件和寫冗長的報告。因循苟且、按本子辦事，時間和心思都耗損在這些公式化的要求中，創意都被扼殺了。

至於長長的通告，密密麻麻的命令，一直伸展到「沒法看到它的末端」；幾百頁的文件，其實用一句話就可以概括，都沒必要弄得這麼花巧累贅，偏偏這些官樣文章，在我們的社會中，比比皆是。

小說中的牧童阿木，最初對師門養的龍充滿好奇，還為後者採野果來餵龍。可惜赤子之心，最後還是因為沒有甚麼判斷力，淹沒於低俗的流行文化洪流之中。對小丑式的鯨魚表演，阿吉固然視之為「幽默」，而阿木也覺得「很有趣」，令師門感到很失望。至於藏身樹幹裏的「說書人」，「他的臉孔不斷變化，有時閃光，有時碎成片片雪花的模樣，有時是一條條波紋」，有時會變成寫上「暫時發生故障」的一塊牌子，根本就是一台電視，吸引住一羣兒童觀看，連本來說來看龍練飛的阿木，也因那飛上天的超人表演，看得「張大了合不攏嘴巴」。

小說中的阿吉問鯨魚「甚麼是人生？甚麼是愛情？甚麼是文學？」鯨魚的回答總是「哇哇哇」，阿吉便認為「牠甚麼都可以談，而且都說得這麼簡潔」。所謂「簡潔」，其實是「簡略」或「粗疏」的意思，如果人生、愛情、文學可以用一句話來定型，用一句口號來概括，相對於長篇累牘，這樣粗疏而武斷的言辭，何嘗不是又走向另一個極端？

　　在〈後記〉裏，作者說公司的經理認為他「文字不大行」、「太平淡，沒有文采」、「中文不好」，不懂得用四字成語，「因為我的個性關係，一向對於形容詞不願亂用」，應是作者對現實的反響。

　　正因為「無法用四字的成語一下子說盡這複雜的感受，才使我嘗試寫小說的」，我們才有幸讀到這些精彩的小說，應該是讀者之福吧。

## 【 注 釋 】

〔1〕　也斯早在一九七二年，以「梁秉鈞」為名，翻譯了一本《當代拉丁美洲小說選》，由台灣環宇出版社出版。

〔2〕　袁珂：《古神話選釋》，北京，人民文學出版社，一九七九年。

# 剪紙（節選）

## 【題解】

　　《剪紙》是也斯在一九八二年出版的小說，和也斯很多其他作品一樣，最先是在報上連載（一九七七，《快報》），至一九八二年由素葉出版社結集出版。這本書被評論家譽為也斯最好的小說[1]，是香港最重要的三本小說之一。[2]

　　右圖是《剪紙》二〇一五年出版的英文版封面，請你細心觀察，然後回答以下幾個問題：

　　你看見甚麼？

　　這個設計有甚麼特別之處？

　　就封面所見，你猜這本書的內容與甚麼有關？

　　我想，當你看完以下所選兩章的內容，你已大概知道自己猜得對不對。

## 【文本】

一

踏上雙層巴士上層，只有兩個零星的座位。喬坐一邊，我坐另一邊，一前一後，中間隔着窄窄的通道。喬後面的男子推推喬鄰座的男子，爆出一陣笑聲。我前面的中年男人，視線離開手中小報，向左邊似乎漠不經意地看了一眼。喬總是惹人注目。記得上個月她拿藝員聖誕特刊的插圖過來給我，林就很嚴肅地説：「喬看來有點像日本人。」黃搶着説：「像法國人才是。」日本人和法國人是兩碼子事，不過喬嫣然一笑，接受他們的恭維，沒有解釋她的血統。當時英文部婦女版的編輯在那邊喊：「喬，二號線。」她走過旁邊的桌上拿起電話。有人在旁邊説：「她的那些男朋友……」

公共汽車上的兩個男子又在笑。喬後座那個，穿着深棕色外衣，敞開衣領，一派下班後的悠閒。他翹起二郎腿，深棕色鞋尖抵着前座的椅背。椅背硬板上塗着胡言的黑字。他與喬旁邊的男子正説得興起，爆出一連串粗話，咒罵那個辜負了他的女子。他三言兩語，把她貶得一錢不值，然後把手中的煙蒂扔到地面，再用腳狠狠踐踏它。他的膝蓋，碰到前面的椅背。前面那個中年人又回過頭來，在金絲眼鏡後，向喬行了半分鐘的注目禮，整車人在顛簸中搖着頭。

在這一切當中，喬安靜地坐着。她穿一襲絲質白襯衣，黑色的短外套，襯得她格外白皙，甚至有點蒼白了。公共汽車停站，外面廣告牌上的一大幅粉藍色填滿所有窗口，喬的臉孔也染上一片粉藍。汽車開行，經過一片淺黃，她的臉又泛上淡黃。

她轉過頭來的時候，臉孔是淡紫色。她説：「到我家裏來，有些東西給你看。」我問：「洗髮水的廣告畫？」她搖搖頭。我問：「《旅行雜誌》

的封面？」她又搖搖頭。後來，當我們在銅鑼灣下了車，經過潮濕骯髒的街市，走向我不熟悉的那些幽靜住宅區，她說：「那是一個秘密。」

每個人都有秘密。我傾聽秘密：獅子的咆哮，鯨魚的低語，小河潺潺的流水，還有冬盡後木棉樹枝椏爆出的一點紅花。打開一扇紅色的門，再打開一扇白色的門。喬說：「爸爸媽媽去了旅行。」客廳裏陰暗，依稀辨認出闊大的沙發和長桌。她說：「這裏來。」再推開一扇門。一片紅色和白色的亮光。白色的長櫃和書架、紅色的墊子和矮几、白色的百葉簾、紅色的掛氈。白色牆壁上畫滿紅色鳥兒，一共有好幾十隻。

喬走過去拉起白色的百葉簾，露出一扇紅牆。原來那不是窗子，是牆。不，我弄錯了，那確是窗子，一大幅紅色的是對面大廈上畫的香煙廣告。走近窗前，還可以看到街上的行人和車輛，無聲溜過。

回過頭來，喬把一些甚麼遞給我。我向她走過去，卻發覺那只是鏡中的反映。我面對一幅長鏡，真正的她在另一邊。我轉回來，左方是一個入牆長櫃。我敲敲櫃，原來那不是櫃，只是一張反上去的單人床。

在它旁邊有一扇門。我想推門出去，發覺那只是一個釘在牆上的門鈕。我沿牆角的迴旋梯走上去，走兩步便碰痛了頭，梯子通往堅硬的天花板，只是用來裝飾。

喬遞給我的是一杯深藍色的液體，我接過來就喝。液體傾側，卻沒有流入口中。我舉高杯子，左右傾側，又把它倒轉，液體始終在杯中流動。那是一隻魔術杯子。喬笑起來了。

我問：「你說的秘密呢？」

她站在窗前，仍然在笑。牆壁的紅色映現在她臉上，白皙的臉孔好像也有了一點血色。她在自己的天地中，自得其樂，翻動一本畫冊，撥響一串鈴兒，把一個小巧的貓頭鷹擺設換一個位置。她在這裏那裏按一個掣，歌聲傳出來，但我看不見唱機。她說：「我喜歡她唱尼爾揚的這首。」

她指的是誰，我又不知道。

　　愛是一朵玫瑰花

　　但你最好不要摘它

　　它只在枝頭上

　　才可以生長

　　那麼急促的節拍，好像有人在白色的牆壁後面擂着。砰的一聲是一隻紅鳥，一共有好幾十隻。我翻轉那些圓形、三角形、四方形、五角形，像一塊麵包，餅乾或一顆糖那樣的奇形怪狀的小几，卻看不見播音器。喬又遞給我一杯深紅色的東西。我把它倒過來，紅色的液體立刻瀉了一地。喬笑彎了腰。原來這並不是魔術杯子。她遞給我一條白色毛巾。轉眼間，地上血紅的痕跡消失在白色毛巾下面；轉眼間，白色的毛巾又消失在白色長櫃某一格裏。

　　這樣的房間對我來説像是異鄉。她讓我看工作桌上的設計書和美術雜誌。她有一本簿子，貼起馬克英格烈斯、保羅戴維斯、羅拔哥斯文等人在雜誌上的插畫。從《老爺》、《花花公子》、《常青》或《紐約客》上剪下來。一條蛇纏繞在少女頸上。一列火車從人的褲襠開出去。原始森林裏的火箭發射基地。星球上的一尾大金魚。它們構成一個不真實的世界。她又讓我看另一本剪貼簿，裏面是新寫實繪畫。她讚美那些汗珠和皺紋的細節。異國少女穿着比基尼泳衣的金色胴體上閃閃的水滴栩栩如生。她叫我猜哪張是繪畫，哪張是照片，我一時竟分不清楚。桌上有幾張她素描的草圖，摹仿一份翻開的外文雜誌的插圖。那是一個蹲在牆角的小女孩。她素描裏的孩子也有外國兒童眉眼的特徵。頭髮是黑色和暗金色之間的淡褐。

　　她又遞給我一杯淡黃色的液體。這一次，我不知它是像那杯深藍色的液體，還是像那杯紅色的液體，是倒不出來的，還是會倒瀉的，只好把它放過一旁。

「你呢？你説的秘密呢？」我又問。

她沒有回答我，一躍而起，説：「要餵鳥兒了。」

她走近牆邊，走入那些紅色的鳥兒中間。

「如果我不回來，就餓壞牠們了，我每天都餵牠們的。」她説。用湯匙從一個紅杯裏舀出甚麼，餵牠們。「有時我還跟牠們洗澡。我最喜歡溫水浴。在青山的時候，我最喜歡溫水的治療。」

喬的説話是跳躍不定的。你以為她還在説鳥兒，原來她已説到自己。她的話沒頭沒尾，幾件事同時説下去。説完鳥喜歡吃甚麼，就跳回説自己，因為腦病，所以進入醫院治療，説着説着，你就會發覺原來她已在旅行尼泊爾，寧靜的氣氛中，在高山或是鄉下，而她也不忘告訴你，關於吸食大麻的經驗，她所看見的霓虹和燈光。鳥兒是聽話的！鸚鵡會説幾個單字。麻雀吱吱喳喳，而百靈婉轉歌唱。當時幸好有人在旁邊。當她暈倒立即抱起她，把她送進醫院。朋友説她身體底子不好，工作用神過度，需要休息一下。她敘述的事件不分先後，也不知是現在，過去還是將來。她説到其他畫畫的朋友，送她進院的朋友，一起旅行的朋友，但卻沒有提及父母。

「你父母怎麼説？」我問。

「他們去了旅行。」她誤會了我的意思。「他們各有各去。他們從來不會一起旅行……媽媽不跟爸爸談話。」

她好像想説甚麼，又沒有説下去，我也沒有追問了。

我回望窗外，隔着一層厚玻璃，可以看見幾層樓下面，無聲的行人和汽車。街尾那兒好像發生了甚麼事，幾個人正在急步奔跑。在遙遠的地方，骯髒的灰牆旁，露出一角打樁機器的操作，還冒出一縷白煙。但這一切事件，都隔絕了聲音，變成虛假的風景畫。

喬沒有注意外邊的事。她繼續説她的鳥兒。她的話又再吸引了我。

她的鳥兒都有名字：柏柏乖，發發昨天淘氣，娃娃幾天不吃東西了。逐漸我發覺她其實不是跟我說話，是在跟鳥兒說話。每天她一定都是這樣，站在這裏，拿湯匙和紅杯餵鳥兒，一邊跟牠們談話，就這樣一直說下去。公司裏認識她的每個人，一定料不到她每天回家，在這偌大的家中，就這樣久久站在牆邊，跟鳥兒說話。

喬撫着一頭鳥的翅膀，又用指頭逗另一頭鳥的尖喙。牠們是她的玩伴，構成她的世界。逐漸我好像知道多一點關於喬的事情了。我也聽見鳥兒吱吱的聲音。有時牠們會拍拍翅膀，從牆上飛出來，停在我的指尖，好像是一朵紅色的火焰。過一會，又飛走了。

「好了，該睡覺了。」喬對牠們說。

她走過來我身旁，遞給我兩個白信封。

我拆開第一封。

那只是一個空白的信封。

第二個信封，我正要拆開的時候，一頭紅鳥飛過來，一口把它銜走了。牠拍動雙翼，在我頭上聒噪。一開口，信封又掉下來。裏面是書上剪下來的幾句中文詩：

蒹葭蒼蒼，白露為霜。

所謂伊人，在水一方。

溯洄從之，道阻且長。

溯游從之，宛在水中央。

我看完了，不明白那是甚麼。

「是這兩天收到的，不知是誰放在我桌上。」她說。

好了，這是她的秘密。是誰放在她桌上呢？這人恐怕沒甚麼惡意，或許是個孤獨而充滿幻想的人，沉默地坐在一旁，看着喬咬筆桿沉思或是談笑，心中有了感動，把她塑成某一個形象。當他在書上看到一些關於感

情的字眼，就剪破書頁，斷章取義地寄給他幻想中的對象吧！只是，剪古詩給喬是多荒謬呢。她可以感覺蓮娜朗斯德或珍妮斯伊安的歌詞，中國古詩反而太遙遠了。

「為甚麼告訴我呢？」我問。

她說：「我可以肯定一定不是你，我想你告訴我怎麼辦。還有，你是書蟲，可以告訴我那幾句話是甚麼意思。」

她打一個呵欠，反過右手用手背蓋着嘴，然後又不好意思地笑笑。她揮手時牽起背後牆上一羣紅鳥。紅鳥環繞我們飛舞，彷如黃昏歸巢的光景。

她抱膝坐在地上，垂下頭去，雙分的頭髮間露出柔和的頸背。我不知她是不是在聽。我自己坐在一個五角形的紅色矮几上。四周全是紅色奇形怪狀的東西。在這樣一種氣氛裏解釋不知是誰所引的一段詩經，顯得這麼困難。天色漸晚了，屋裏的紅色東西都變得暗淡了。鳥兒亂飛，有時丟下一兩個紅色的蛋在紙上。她有點心不在焉，站起來說：

「我該怎麼辦？」

但我隱約覺得，她也不是很擔心。也許起先有點驚詫，後來想了解那信息。但這首詩對她太遙遠。她沒有甚麼感受。「我該怎麼辦？」她又說，但又不像要求一個答案。

她站起來，向鳥兒伸出雙臂，像一個孩子回到熟悉的玩具間。她帶牠們回到牆邊，把牠們掛上去。她輕輕唱起歌來，像是催眠曲一類的調子，是一種我不懂得的語文，也許是鳥的語言吧。她又喃喃地低聲跟牠們說話，替一隻小鳥找回牠的母親，或是阻止另一頭不斷打筋斗的傻鳥。她在牠們之間，舒展自如。室內的光線漸漸地暗了。

窗外一幅暗紅色變成黑色。她沒有扭開燈，只是坐在牆角那兒，輕輕地唱歌。鳥兒一隻一隻閉上眼睛。她也閉上眼睛。

有一會，我以為她睡着了。我輕聲説：「你睡吧，我走了。」

她很快就睜開眼，説：「不，你再坐一會，陪陪我。」然後又閉上眼睛。

我坐在這兒，看着她坐在牆角，穿一身白衣，長髮無力地垂下來，擱在扶手的右臂托着垂下的頭，看來那麼疲倦，跟我們平常在公司見慣那個有説有笑的女子，好像是不同的兩個人。


二

剛走進你家，你母親就説：「瑤出去了，還沒有回來。」她前面擺滿珠子，一個個截半的白色紙皮硬盒盛着珠子，一個深藍，一個深棕，一個棗紅，還有土黃和別的顏色。她手上的針像鳥兒覓食一樣在這些盒子之間巡逡，來回啄食相同的穀粒。她捋着線，把彩色珠子拉到黑線盡頭，擔憂地説：「她這幾天都是這樣，大清早就出去了，不知到哪裏去。」

你大姊還未放學，小弟出去玩了。而你父親，穿着一套粗布間條睡衣坐在電視機前，這時也回過頭來。就像往常一樣，我聽不懂他説甚麼，但從他樸實的臉上，我感到他也正在擔心。所以我就點點頭，作一個手勢，勸他不要憂心了。

屋裏很凌亂也很熟悉。屋角神台上有燈火，櫃頂和桌面堆滿報紙和舊雜誌，小弟的功課翻開，上面壓着膠碟，碟裏放半隻雞蛋，蛋黃碎屑混雜蛋殼，還有點點黑色瓜子殼。你父親正在跟母親説話，也許在談你，有時他喉中傳來「赫赫」的空洞迴響，然後吃力地把痰吐在痰盂裏。過一會他又扶着拐杖，站起來，蹣跚走往牆邊拿毛巾抹臉。他背着我坐，我只看見淡藍色熒光幕下面灰白的頭髮，看不見他的臉容。我看着他的背影，想起那次和你大姊陪他去討賠償金；大姊專心攙扶他，當他下小巴不經意碰着了頭，她就很緊張，看他有沒有甚麼事，還説：「一會不要坐小巴

了，坐電車吧。」她一直都很關心父母，現在他們這樣擔心一定令她很難受吧。

我在大姊的碌架床邊坐下來。床邊桌上靠牆放着她心愛的舊俄小説、沈從文的著作，還有她興趣範圍內的哲學和科學書。另一邊你的桌上放着幾本舊詩詞，一本《山窗小品》，還有一本《青春之歌》，一本吳凡版畫的選集。這些書攤開了，或是翻開覆在桌上。我拿起來，結果只是撢撢上面的灰塵。（這真不像你，你最喜歡整潔的了。）桌上有一疊白紙，還有刀和許多管筆。一塊油板擱在桌旁。我隨手拿起那疊白紙，裏面卻掉下一幅剪紙。是你一幅未完成的剪紙吧？鏤的是一張臉孔，但只是一個輪廓。沒有眼睛、嘴巴和鼻子，我不知你想刻的是甚麼。

近月來，你總是悒悒的。我們都料不到你出來教書不過兩個月就憤而辭職了。我知道你覺得同事很庸俗，對學生也失望了。但真正的詳情我卻不知道。只見你默默坐在家裏，許多時我不知你在想甚麼。往日我們來到你家裏，找你和大姊出去散步，都是自然不過的一回事，但近來你的話愈來愈少，仍然招呼我，心裏卻像想着別的事；仍然跟我説話，但卻像有些重要的事，並沒有告訴我。當我和大姊兩個老朋友並肩坐在床沿，一邊剝花生一邊天南地北談話，當她正在談學生的問題，我偶然回過頭來，看見你的眼睛望向遠處，心並不在這裏。然後，突然，好像不知誰開罪了你，你霍地站起來，走入廁所，砰一聲把門關上。

不知是不是因為線兒打了結，你母親沒法把針穿過線架上一行彩色珠子。她把針退出來，又在那兒細心解結。那麼細小然而難解的疙瘩，叫人一時不知如何是好。你母親問我知道你是為甚麼嗎？我甚麼也不知道，只好安慰她，説不要緊的。我沒法安坐，站起來，説不如看看你會不會在附近閒逛。我好像是在答應他們設法把你找回去似的。你母親聽了，凝重的臉上浮現一線笑容。

你到底去了哪裏？我走下舊樓的樓梯，走過上環這些樸實的街道，尋找你的影子。那邊一爿中藥店，重重的牌子是重重的陰影：生苡米重疊着胡椒根重疊着桑寄生重疊着北芪頭重疊着雞骨草。賣豆的店舖裏一包包暹羅紅豆、綠豆、黃豆。沒有一個人影。賣瓜子的分門別類：北瓜、紅瓜、八步瓜，盛在同樣胖墩墩的麻包袋裏。我記得你曾在店舖前停下。唸着這些古老而陌生的名字，叫我們看這些數十年如一日的店子。

　　你是在這一區長大的，你熟悉這兒附近的小巷。我們一起散步的時候，你告訴我可以在哪裏吃到潮州水餃，又在哪個大牌檔喝到美味的奶茶。你習慣在一個古老的酒壜旁邊停下來；當你走過玻璃鏡業的舖子，你老早曉得裏面幾面鏡子正同時反映你的幾個倒影。

　　你現在去了哪裏？不在街頭巷尾。我走進一爿藤器舖，搬開一個藤的五弦琴，聽見一陣琤琮的聲音。一頭藤大象追逐一頭藤猴子、一尾藤鱷魚張口要咬一隻藤青蛙。它們都是淺棕和灰白之間的藤色。藤器互相交纏，變成一面固定的牆。這是一個藤的森林，樹木盤根錯節，枝葉日益濃密，動物的肢體連在一起，交織成一面羅網。單獨一頭貓兒，沒法從裏面闖出來。

　　我走進一條印章的街道。每個攤檔的人都在石上刻下名字。名字深嵌在石上，帶着深紅色的痕跡，帶着灰塵，成為不可改變的印記。

　　我走進一條鎖匙的街道，整條街的人都各自打磨一方小小的銅匙，配合一把大鎖。每個人都在埋首工作，鎖匙擦在磨石上，手兒前後推移，頭兒上下擺動。不，你不在這裏。

　　我走進鳥籠街。那兒全是鳥籠。有些鳥籠有鳥，有些並沒有。有鳥的籠子在鳥兒跳躍時微微晃動，沒有鳥的籠子靜止地垂下。我又走進印模的街道。那些糕餅的模子，有些是一尾魚、有些是金錢龜、有些是蝴蝶，飛翔在兩個捧着壽桃的童子旁邊。這些木質的模子裏雕着生命的圖案，生

命嵌在裏面，由溫熱而至冷卻，成形而堅硬。我走過，在這些鳥或鳥籠、圖案或模子中間尋找你。

這些事物，帶着它們陳舊樸實的外貌，當陽光照在高樓的頂端，它們沉沒在不變的陰影裏。時間在外面急步走過，它們凝定不動，帶着它們熟悉的氣味，帶着它們陳舊而美麗的樣貌，千年如一日地生活下去。

我走過，注意到舊牆已經剝落，舊樓逐漸拆去，舊有的秩序開始混亂。而在那邊，冒出一幢新樓的高頂。我走過看見雜貨店前掛着一把閉合的巨剪，地下滿地廢紙碎屑，彷彿是它剪出來的。在對面，人們因為避凶而掛上八卦。在橫街那兒，有老饕熟悉的魚蛋粉檔，走過一點，有以燒臘聞名的老店。但轉出這些道路，外面大街上已是快餐店林立。如果轉出外面，鬧烘烘的車聲和人聲之間，我就不曉得該到哪兒找你了。我在拆去樓宇的空地盤旁邊停下來，這兒附近原有一所著名的舊式中國茶室，以唐代一位愛茶的人為名，現在已遷往幾條街上面的繁華地區，裝潢成現代化的食肆。我不會去那裏找你的。但我該去哪裏找你？我站在這空置的建築地盤旁邊，四顧滿地破爛的棕色木板，舊樓上面曬滿灰白色的衣裳，一隻鳥兒在鳥籠裏上下跳躍。站在這裏，在這些灰色和棕色之間，我瞥見一閃彩虹。那是一叢彩色羽毛。不，那不是你的衣服，那是一條出售彩色雞毛掃的街道。有孔雀翎，連成一串的鳥毛，更多的是一叢叢彩色的羽毛掃帚：紅色、黃色、橙色，恍如一朵朵大花，恍如一頭頭巨大的彩色母雞，蹲在馬路兩旁。我走過去，在那些彩色羽毛的搖拂之間看見夾縫後遠處的閃動，我可以聽見外面大街的車輛近了，傳來馬達和打椿的聲音。已逐漸接近中環熱鬧的市區，彩色的雞羣忽然活轉過來，咯咯啼叫。

汽車響着喇叭駛過去。轉一個彎角，沿路走下去，在面臨大街的那邊，有一個小型遊樂場。這遊樂場遊人已經不多，一副破爛的模樣，部分鐵絲網已經破裂，只差人來拆去幾個陳舊的鞦韆和滑梯、生鏽的旋轉盤和

搖不動的木馬，就可以重新建上大廈。它旁邊的樓宇都已拆去，空餘滿地石礫。

我走到鐵絲網旁邊，就看見一個人影，在鞦韆架上，正盪得高高的！

那是你嗎？穿一身淺綠衣裳，坐在鞦韆上，舒展雙腿，恍如一株弱草，在風中擺動。你的樣子看來真叫人擔心，你的鞦韆一前一後擺盪，晃高的時候，彷彿要越過前面殘破的鐵絲網飛出去。外面隔着一段行人路，就是車輛穿梭的大街。外面的行人，隔着一段距離，沒有注意你。

你的鞦韆晃高了，更高了。真危險！你在幹甚麼呢？

「瑤！」我在鐵絲網的這邊喊你，但你並沒有回答。我跟你隔得很近，幾乎從鐵絲網的破縫伸手進去，就可以碰到你的鞦韆。但你卻像聽不見似的，仍然在那裏盪。

你的嘴閉得緊緊，一副倔強的神色。你的劉海和耳旁的頭髮飄起來，有時又像小鞭一樣落回臉上。你好像看着前方，但又好像甚麼也沒看。你的手纏在鐵鏈中，每一次盪前，你和鐵鏈和木板一起傳來嘎嘎的聲音。剎那間，你整個人彷彿擺脫鐵鏈的連繫，向前面大街衝出去，叫人吃了一驚。然後你又落下來，盪回後面那些舊樓的風景去。你急劇擺盪在兩者之間，太危險了。

「瑤！」

你聽不見，或許你不想回答。沒有用的。我的聲音，淹沒在那些嘎嘎的聲音裏。

然後，你把頭一仰，腰一折，上身仰躺下來，我彷彿聽見頭髮拍到地上的霍的一聲。你的臉孔朝向天空，隨着鞦韆盪上去，跌下來。當鞦韆跌到最低的一點，你的及肩的頭髮掃過地面了。你這是幹甚麼呢？你柔軟的腦袋離堅硬的地面只有幾吋呵。我的心一陣抽緊，像被人拉起，懸空，

再掉下來。

「瑤！危險呀！你在幹甚麼？」

沒有回答。我連忙跑過去，從遊樂場的大門進去。我跑到你身旁，聽見你的呼吸聲，絞入鐵鏈粗重急劇的響聲裏。你的眼睛閉上了，你的臉孔在我眼前跳躍。我看不透你的臉容，不知你在想甚麼，不明白你為甚麼這樣放任地把自己交給一具急劇擺動的鞦韆。你堅決地抿着嘴，我覺得你好像咬緊牙齦，陷入一種無法自拔的熱情中。你根本沒留意，我在這裏喊你：

「瑤……」

我不知道，怎樣才可以把鞦韆停下來……

一九七七年於《快報》連載，一九八二年初版

# 【賞析】

### 魔幻寫實的剪紙

你的猜測結果如何？猜對了多少？

〈剪紙〉的故事有兩條線，以兩個女子為主角。第一章中出現的「喬」是一個現代、西化、中產的女孩子，外貌吸引人，熱愛西方音樂、藝術。她有一本剪貼冊，貼滿了西方書刊雜誌中的繪畫和照片。她的行為和說話有時令人難以捉摸，卻有一種獨特的氣質，吸引了一個神秘的暗戀者，經常由不同書中剪下中文詩詞放在喬的辦公桌上，使她十分困惑，向敘事者「我」求助。

第二章的「瑤」是故事的另一條線，瑤的形象與喬截然不同，她熱愛

中國剪紙、版畫和粵劇，喜歡讀舊俄小說、沈從文作品，出身基層，與家人同住在上環。她曾任教師，但不到兩個月就因對同事和學生失望而辭職了。之後，她的行為開始愈來愈怪異，使人擔心，敘事者到處找她，結果發現她在高高的鞦韆架上失控地晃盪，險象橫生。

兩個故事平行發展，敘事者都是「我」，兩敘事線看似沒有關係，但合起來卻又可以互補，構成的便是作者眼中的香港。喬和瑤的名字押韻，正好暗示兩人的呼應關係，喬在小說中表現的是香港現代性的一面，而瑤卻象徵中國傳統文化的成分，這兩種元素，透過交替相接的敘事，構成一個交織重疊的世界。也斯在一個對談中說：

> 當時我在報館工作，接觸的人很多，比較傳統的有，比較西方的也有。我們在香港成長，香港好像有很多幻象、很多問題、很多現實生活中好好壞壞的感情和事件糅雜在一起。我想用一個色彩繽紛的方式，把這些問題以一個故事的形式來寫。[3]

也斯在另一篇文章中，為「幻象」提供了更詳細的說明：「如果說，騎着驢子綴滿花朵走進教堂的希皮士對我們來說不過是藝術上的形象，那麼『西風吹，雪兒飄』在北方磨坊中打轉的驢子何嘗不是另一個藝術上的形象？」[4] 喬和瑤，現代西方和傳統中國，各執一端，是真實世界的一部分，但也可能只代表了某種我們心目中的假象，也斯借故事寫出了香港社會文化的面貌，也表達了他的擔心和同情。

剪紙在這兩個故事中傳達了多重的意義，瑤鍾情中國剪紙，沉溺於傳統藝術；喬剪貼外國繪畫和照片，迷失於現代藝術世界；黃剪貼詩篇，假借別人的文字表達愛意，他們各自在不同程度上，都是躲在「剪紙」背後，不能面對現實世界。「我」是故事的敘述者，他對她們的做法有保

留，擔心她們，但他和雜誌社的同事，何嘗不是每天拿着鎅刀、剪刀、膠紙在剪貼文稿交差？他慨嘆這種做法使「文字完全失去了信用，它成了廣告牌子，手上戴着的腕鍊，成了萬花筒的色彩，美麗而無意義的碎片」，但他仍無可奈何地在重複這無意義的「剪紙」工作。

看到這裏，你想到封面圖畫的意思了嗎？

封面的剪紙以拼貼的方式，將真實的鸚鵡插入中國剪紙中間，色彩繽紛的鸚鵡使我們想起喬家中的鳥兒，剪紙當然就代表瑤了，封面的畫暗暗帶出了故事的兩個主角，兩種文化，同時也暗示了小說真實與虛幻相結合和剪接拼貼的特色，很有意思。關於這種特色，也斯曾說：「我寫〈剪紙〉時一方面寫充滿了幻象的世界，另一方面又想寫真實的世界，雖然不是寫實主義的那種。」[5]

這種想寫真實世界，但又不是寫實主義的寫法是怎樣的呢？也斯在七十年代時開始譯介拉丁美洲作家如馬奎斯[6]的魔幻寫實主義作品，並將之融入自己的小說中，如前面讀過的〈養龍人師門〉已見其端，至《剪紙》則更發揮得淋漓盡致。這種魔幻寫實主義的手法在小說的第四、五章運用得尤其巧妙，試看以下的片段：

> 他（華）拿出收藏的剪紙給我們看。我們每人拿了幾包，一張張翻來看。每一張陳舊而半透明的白紙裏面，夾着一張剪紙。我翻開的時候，感到它輕脆的生命，像是一隻蝴蝶，在那兒輕顫。再合上紙，它就是美麗的蝴蝶標本，隔着一層紙露出暗晦的顏色。蝴蝶噗噗地拍着翅膀，在我們頭上飛舞。在一片讚嘆聲中，一個白白胖胖的娃娃跳上我膝頭，跟我一起看另外兩個小娃娃演奏音樂，他們一個拉二胡，一個吹簫，奏的是輕快的音樂，我卻叫不出名字，大概是民謠吧。而另一些少男少女，穿起傣族、蒙族和藏族的服裝，跳起民族舞來。……最後是我自己，栽了一個筋斗，

攤在地上。不，我在地面看清楚了，並沒有惠蘭、高、徐或是白，只是沒有臉孔的剪紙的人形，沒有甚麼混亂，仍然是那樣準確而沒有變化地玩著他們的把戲。而就在這時，我看見了你，瑤，仍在這一切顏色和聲音和動作之間。你伸出手去，想撫摩它們，想跳入它們的隊伍中，卻怎也不成功。那是因為它們儘管彩色斑斕，卻是印在一張舊紙的平面上，而你卻是活在另一個時間和空間中呵。但你卻伸出手去，想撫摩轉盤的那面，花蟬的那面。(第四章，頁四九至五〇)

以上節選的片段寫「我」和瑤到華的家中看他的剪紙，看着看着，剪紙中的人和物竟然離開紙上，與「我」一起共舞，這段長達三頁的描寫，充滿傳統民族藝術的色彩，剪紙和版畫的人物與真實人物一起出現共舞，栩栩如生，卻全是虛幻的。最後，以瑤想進入剪紙世界而不成功，回到現實世界作結，點出了上文所說的「西風吹，雪兒飄」的世界只是一個幻象。第五章呈現的是另一個不同的畫面，讓我們再看以下片段。

馬指向那邊，引我們望向後面，正在駛前來的一輛「萬能膠」花車。在車上有一個外國人正在表演這隻新牌子萬能膠的效用。我們看見他只要塗上一點手中的萬能膠，傾瀉的山泥立即黏回山上，倒塌的危樓也再站起來，一切天災人禍，只要塗上這層萬能膠，那就好像甚麼也沒有發生過，而且閃閃發光，比原來更美麗呢！

在這後面，是一輛「自動果汁機」的花車。又有一個人在表演。他把蘋果、橙、菠蘿放進去，沒多久就自動榨出果汁，於是他又把香蕉、枇杷、龍眼、西瓜、西芹、芒果全放進去，弄出更豐富的果汁。他榨得性起，索性隨手把周圍的錦旗、燈飾也放進去，把樓宇、土地也放進去，把周圍圍觀的人也放進去，居然也榨出許多汁液來。這一杯果汁，仿如一大

杯雞尾酒，又紫又黃，又紅又綠，顏色互相滲透又互相碰撞，詭異而美麗。（第五章，頁六七至六八）

　　這段文字刻畫香港鬧市花車遊行的盛況，場面熱鬧，色彩繽紛，其中的情景似曾相識，但卻無限誇大，以超奇的想像，呈現一片繁華都市的魔幻景象，但如果我們細味字裏行間，在這些狂想式的描寫中，又暗含了對現實社會的批評，尖銳的諷刺，效果「詭異而美麗」。

　　上面所引兩個片段，呈現兩個不同的世界，為了表達七十年代香港中西夾雜，新舊交替，好壞參半，傳統與現代並存的混雜狀態，也斯用了上述這種虛實交錯，色彩繽紛的「文本剪紙」[7]手法寫《剪紙》，使人一新耳目。看過第一、二章和以上片段，你一定意猶未盡吧。那就快找原書來看看，讓你的想像與也斯一起飛翔，進入魔幻的世界。


# 【注釋】

〔1〕　王璞：〈身份的迷失與認同〉，《嶺南學院中文系系刊》第四期，一九九七年。

〔2〕　董啟章：〈苦瓜默然去　新果自然來 —— 悼也斯〉，發表於《明報》世紀版，二○一三年一月六日。

〔3〕　見也斯、陳智德的〈文學對談：如何書寫一個城市？〉，收於《文學世紀》第三卷第一期總第二十二期，二○○三年一月。

〔4〕　見也斯的〈兩種幻象〉，收於《書與城市》，香港，香江出版社，一九八五年。

〔5〕　同注 2。

〔6〕　加西亞·馬爾克斯·馬奎斯是現在較常見的譯法，也斯當年通常譯作加西亞·馬蓋斯。

〔7〕 見董啟章的〈城市的現實經驗與文本經驗 —— 閱讀《酒徒》、《我城》和《剪紙》〉（節選），轉引自陳素怡編《也斯作品評論集》，香港，香港文學評論出版社，二〇一一年。

# 旅程
# 煩惱娃娃的

## 【題解】

　　《煩惱娃娃的旅程》是一個寫了十年的小說，一九八三年，也斯從美國回到香港，開始動筆寫這個小說，在《快報》連載。之後，斷斷續續地修訂、重寫，甚至加入新的篇章，小說仿似有了自己的生命，十年間，不斷成長，遊歷於不同刊物，到了一九九三年，終於由牛津大學出版社以《記憶的城市　虛構的城市》書名結集出版。再二十年，也斯於二〇一三年辭世，二〇一四年，書以原名《煩惱娃娃的旅程》再版。也斯的旅程完結，但文字的旅程待續，以下交棒給你。

## 【文本】

　　一九八二年十二月七日，在凌晨四時醒來並且想到把這一切記下來。這是在巴黎，蒙馬特（我瞥見櫥窗中模糊的羅特列克畫作複印在杯子上。但那時我們正在匆忙找一個地址，沒有時間停下腳步。）萊比尼茲路

附近一所小旅館中。不是關於巴黎的風景速寫，而是關於新見和失去的事物。時間在朋友和我們自己身上造成的轉變。這一切感覺緣於一張紅葉藍花的地氈在一日不同時刻的諸種樣貌。當我們白天推門進入那幢大廈，我們看見美麗的地氈整齊地鋪在樓梯中央，蜿蜒爬上六層樓，隨着那些緊閉的門後法國家庭烹飪的香味，一同在七樓消失了蹤影。但當我們在夜晚爬上樓梯，只在黑暗中感到觸腳的柔軟物質，走到頂樓就沒有了。沒有地氈的七樓是冷硬的，白日所見房前的盆栽現在只是黑暗中隱約的尖刺，頭上小小的天窗也不能照明我們站立的地點。我摸索觸及日間留下插在門縫的字條，明白我們的朋友還未回來。我突然有一個感覺，彷彿我曾經來過，做過同樣的事，在一個我已記不起來的時刻。

然後當我們在附近的小館子進食並且喝了紅酒，當我們沿着地圖的指示走向比較繁華的區域，想像那兒是聖心教堂，有那些長長的梯階，兩旁擺起畫架的藝術家，（不，你錯了，在晚上他們是不在那裏的。）還有聲音嘈雜的熱鬧的攤檔，逐漸成為不過是旅遊手冊上的公式描寫，於我們沒有切身關係，逐漸離開了我們。另外的感覺逐漸清晰，盤踞在我們心頭。擔心，不明白為甚麼與這位朋友失去了聯絡，憂慮不知有沒有發生其他事情。想到已在紐約遇見的那位朋友以及將會在巴黎遇見（或遇不見？）的另一位朋友。在深夜的路上我們的腳步逐漸放緩，猶豫地停在紅綠燈前，沒有橫過斑馬線。我們失去了朝蒙馬特名勝區走去的慾望，又轉回來，走過黑暗的小路，覓路走回無名的萊比尼茲路。那幢建築物頂樓數個瞭望的小窗仍然沒有燈火。

萊比尼茲路靜悄悄的。路中央一排樹木脫落了葉只剩枝椏，在白天看來像一幅尤特里洛的街景，現在在深夜裏只剩下黑線的輪廓，冷了也更硬了。時光令它變化，明天早上它會變為柔和嗎？路上仍有積水的閃光。今天早上曾經下雨。當我們沿着奧曼大街前行，看過聖奧古斯丁教堂以

後，在那附近的小巷迷了路，怎樣也沒法走到凱旋門去。我自以為是看地圖的好手，但以為應該是出路了，跟着走，每一次都走回原來的地方。蒙騷路的路名又再出現眼前，告訴我們不過是兜了一個圈回到原處。然後雨就落下來了。雨愈下愈大，使迷路的人疲倦。我們走進路旁一所咖啡館避雨，喚來大杯的牛奶咖啡。他們在杯子裏倒小半杯咖啡，再傾入半杯熱奶，熱騰騰、美味、芬芳、令人開懷。巴黎的咖啡總是美味的。不管是小杯的黑咖啡，大杯的牛奶咖啡，不管是在大餐廳，或大學的休息室，彷彿他們對日常生活最瑣細的事也無法草率廉充。

我記得牛奶咖啡的味道。至於凱旋門，我只記得車廂皮衣和酒的氣味。那是在凱旋門附近，兩個意大利人在汽車裏向我們招手，告訴我們他們剛辦完一個服裝展覽，正打算開車回米蘭去，有兩襲多餘的男女裝長身皮外衣，看來適合我們的尺碼，願意免費送給我們。說着他們真的從後座提出兩個盛着皮外衣的膠袋，遞給我們。我們愕然站在那裏，對於這樣隆重而無用的饋贈不知如何是好，不知該婉拒，還是該接受陌生人難得的好意然後把禮物轉送適合的人。

陌生的意大利人恍如一個乘鹿車經過的聖誕老人，想把膠袋盛着的皮衣越過搖下的車窗遞到我手上，我嗅到一陣濃烈的皮革氣味，對這突然而來的好意不知如何是好。他們用意大利語交談，然後他轉過頭來。「還有一個小問題，」他說，「與這無關的，」他的手拍拍膠袋。「我們現在正開車回去，但昨晚在美心看表演喝香檳，把法郎用光了。不知你們身上可有一點法郎，可以借給我們沿途付電油費？」他說到「一點」的時候，把拇指捏住食指，加強語氣。我們樂於效勞，為萍水相逢的異鄉人解決難題。「一千法郎就夠了！」他說。我們大吃一驚，這才想到這確是一個大的難題。雖然與皮衣無關，我們還是提議他們不如把皮衣收回，拿去變賣，先解決了汽油的問題再說。他們的好意我們心領了。他們又商量了一

下。「看來這是唯一的辦法了。」我把禮物推回去，感到如釋重負，聖誕老人伸手出來跟我握了一下，鹿車駛走了，只餘下一座凱旋門。

轉過去，香榭麗舍大道人頭湧湧，櫥窗裏是繽紛的禮物。正如巴黎地下鐵路處處可見的廣告：「一千件心頭的小東西。」衣服、香水、帽子。一個黃衣女郎扭着腰肢，努起紅紅的嘴唇。地下車的一幅廣告：一個穿着制服的警察說：「我？我從不怕冷的。」他指着胸前制服下露出的羊毛內衣。第一天我們沒乘地下車，只是徒步走，而且還迷了路。拉法勒大百貨公司的櫥窗五光十色，聖誕節快到了。經過兩個陌生的意大利人和皮衣，我們還會相信世界上有無條件好意饋贈世人的聖誕老人嗎？這是這篇遊記的主題之一。當我凌晨四時醒來，並且想到把這一切記下來。這是在巴黎，蒙馬特（不，我的朋友後來更正說這嚴格來說只是蒙馬特鄰近的區域。）萊比尼茲路附近一所小旅館中。我看着床前几頭的兩盒煩惱娃娃，本來帶來送給 D 和 Y 的，不知她們會不會已經不相信禮物，也不相信聖誕老人了？而當然，我必須先在這裏對煩惱娃娃的由來交代一下。

還沒有拇指和食指那麼大的煩惱娃娃，是在加州柏克萊領養的。

我們最先聽到關於煩惱娃娃的消息，是從灣區衛報的某一角落，在墨西哥玩具和危地馬拉木偶之間，在泰國求愛豎琴、非洲泥壎和猶如一根懷孕的魚竿那樣的巴西巴林堡樂器之間。那是在我心愛的柏克萊、色彩繽紛的柏克萊。我一次又一次回到那兒的、滿是可愛的人事和記憶的柏克萊。在早上，我們在大學附近的小路散步，遠處的山頭有曉霧，教堂旁邊一列樹：紅色、橙色、黃色，葉子輕輕地掉下來，靜靜躺在地上。轉過彎，一幅彩色壁畫露出了裂縫，靜靜襯托着旁邊停車場的車輛。帶着對昔日的開放熱情的運動的記憶，年青的反叛的靈幻色彩蒙上汽車的灰塵，靜定下來，化入路旁樸素的屋宇和花木。自力更生的創造性的手作工藝，現在零星散佈在路旁，更多商業性的攤檔，出售皮靴、貝殼或是鑰匙扣，把

它們淹沒了。昔日的希僻士今日是襤褸的乞丐，從垃圾箱撿拾煙蒂，或是問路人討一點零錢。住在電報街供學生住宿的廉價的卡爾登旅店，午夜你聽見有人作狼嗥，望出去可以見到路燈下裹着毛氈的一個灰藍的影子。不過十多廿年的熱情沒有那麼容易完全燒成灰燼，美好的想望也不見得只剩襤褸。偶然，在書店，在咖啡室，在學院的課堂，你仍會看見凝靜了的顏色，聽見一些聲音，說着遼闊的新信息。柏克萊已經步入中年，安靜了，但我總覺在眉額的疲態底下它仍帶着獨有的氣質。你早上在那兒的小路散步，看着遠山上的雲霧，看葉子掉下來，從天上掉到地上，你轉回去，電報街的書店已開門了，高地書店前面有詩朗誦的消息，通宵的地中海咖啡店是熱鬧的，在這樣的時候，沒有甚麼比一杯熱騰騰的卡柏千奴更好了。

「看，煩惱娃娃！」

日後想起，還以為煩惱娃娃是在柏克萊孕育成長的了。

煩惱娃娃：六個小娃娃躺在兩隻張開的手掌上，窩在指縫裏，雙臂向前張開。那只是一幀黑白照片。第一個印象我們已經愛上煩惱娃娃。是由於對六七十年代加州所代表的反叛性的文學、音樂和生活方式的懷念？是由於十多年來對拉丁美洲文學和風土人情的愛好？是由於對古怪而不合常規的事物惺惺相惜？還是只不過由於我們性格中不成熟的部分？我們忘記仔細討論。

也許是由於對於能夠解決煩惱的神秘康復力量所抱的希望，我們出發去找這爿「比爾貿易站」。

尋覓的過程並不容易。學院街的確就在電報街附近，但我們轉過去，才發覺那兒是一千號，還要走一千號。就像這旅程中其他日子一樣，我們左腳右腳地走前去。走了一會，雨便落下來了。就像這旅程中其他日子一樣，雨無端地落下來。這不是旅行的季節。W 早就在電話中說過：「這不是旅行的季節呀！」可是他也說：「既然來紐約，為甚麼不索性從

歐洲回港？每處留三個星期就差不多了！」既然不是旅行的季節，又叫我多去一些地方，我的朋友就是這樣自相矛盾的。在羅浮宮附近，也有人指着落盡了葉的樹對我們說：「這不是巴黎最美麗的季節。這不是來巴黎旅行的季節。」可是 Y 一早約了說要不是來加州探望我們就是我們去巴黎探她，而 D，在暑假前的來信中就說：「無論如何，見字之後立刻要有來巴黎的打算，並在起程之前給我你們到達的日子，因我早上有工作，有時也會外出。有一個日子，可以專心等你們。」我們喜歡 D 的語氣。而在這封長信的結尾她這樣作一個結論：「好了，希望盡快見到你們！不要做『和事佬』！此事我比你們清楚。」我們也喜歡盡快見到我們的朋友，我們也許多年沒有見面了。所以也不管巴黎的葉子落盡了沒有了。我們也知道這不是旅行的季節，當我完成那三篇論文的時候，當我準備口試的時候，當我通過了口試以後匆忙地趕着把書寄回香港的時候，我一直都很清楚這不是旅行的季節，在三藩市，當雨落下來而我們沒有雨傘，想着還有好遠的路才找到煩惱娃娃的時候。

走到半途，我們已經渾身濕透了。

沒有避雨的地方。有點冷，褲腳黏着，鞋底滲進了水。但我們，淋了雨，去到那裏見到危地馬拉的手工藝品以後，還覺得這樣麻煩的旅程是值得的。

那麼顏色鮮明的掛氈！印第安人手織的手工藝！一頭牛鮮紅的身體，嫩綠的角，粉藍的蹄。泥造的鳥形和羊形哨子。線袋、外衣、裙子。用一雙手製作的東西，想像是大膽的，沒有迂腐的空言。一定是有那麼強壯的靈魂，才配得上那樣的顏色。那個世界裏人與人的關係好似是簡單的：相愛、進食、一起狩獵。煩惱一定也是最基本的煩惱了？

「煩惱娃娃呢？」

「沒有了！」

那兩個女子向我們解釋。她們店裏的煩惱娃娃已經賣光了，她們不知道衛報這個星期就介紹出來。「我還沒看到呢！」一個說。另一個說：「捧着娃娃那雙手還是她的手哩！」於是我們把報紙拿出來，讓那雙手的照片跟它的模特兒見個面。她們一致承認，那雙手很上鏡。

「煩惱娃娃呢？」

「過兩個星期來吧，要再訂來。」

但到時我們已經不在了，我們明天飛紐約。在我們旅程的環帶中，在加州與拉丁美洲的人事再度相切：墨西哥朋友、拉丁美洲文學教授、條彎拿小鎮、巴西電影、還有種種接近我們的風土人情，現在是煩惱娃娃，總括起我們天真與熱情的追尋。

她們把盛娃娃的盒子拿出來，那是差不多兩個大拇指加起來那麼大小的竹盒，塗鮮黃色，有紅色和綠色的螺紋。裏面沒有娃娃了。只有一張摺起來的白紙，寫着煩惱娃娃的故事：

「在危地馬拉的土地上，印第安人流傳着這個古老的故事。他們說當你有煩惱，就找你的娃娃幫忙⋯⋯」

「把一個娃娃從盒子裏拿出來，可以解決一個難題。睡覺以前，把煩惱告訴你的娃娃。等你睡着了，娃娃就會替你解決煩惱。因為盒裏只有六個娃娃，所以你每天只可以有六個煩惱。」

這正是我們要找的、替我們和我們的朋友解決煩惱的娃娃。但我們明天要離開了。

店裏兩位女子答應替我們找找，看角落裏可有流落下來的娃娃沒有。於是，一個一個的，煩惱娃娃登場了，從曖昧的位置，瀕於失落與被遺忘的邊緣。火柴枝那麼粗的身體，紙的臉孔，線纏的衣服，鐵絲的雙腳，棕紅色的裙子，綠色上衣，棕紅上衣，錫藍褲子。每盒規定是三男三女，剛好湊成三盒。我們滿心高興。兩位女子祝我們旅途愉快，我們就帶

着三隊煩惱娃娃，高興地走入雨中。

　　傍晚時分，我們打開盒蓋，煩惱娃娃靠在窗前，像我們一樣，抹乾雨漬，吹吹風，眼望前面窗外的世界。是在這時候，我們打電話給在紐約的 W，寫明信片給在巴黎的 Y 和 D，告訴他們我們抵達的日期。這些事早該做的。我們沒有條理，做事沒有好好預先計劃，我們的朋友也是一樣。煩惱娃娃，可以幫助我們解決煩惱嗎？窗外是柏克萊，成長而又稚氣的都市，荒謬又莊嚴，吵鬧又沉默，仍然對新事物新思想不加排斥。

　　煩惱娃娃圍在一起，仿如我們一羣朋友。年過三十，還未安定下來，還是不喜歡裝腔作勢的權威，拍枱拍凳的正義感。我們有時說話口吃，面貌看來是容易受人欺騙的那類人，有時對人過度熱情，有時還真的上當了。我們不大善於表白自己，不懂那些約定俗成的規矩，我們追尋闊大虛幻的事物。當我們被人誤解，我們互相安慰。我們希望替朋友解決煩惱，但每次只能應付一個。每日超過六個煩惱就應付不來了。

　　我們的臉孔紙薄，我們的衣服是色線纏捲而成，身體火柴枝那麼粗，至於雙腳，不過是鐵絲。我們總想超越脆弱的質地。放到盒子外面，我們獨自摸索，希望替人解決煩惱。有時我們六個一同飄泊在外，不知如何是好。

　　如果我認識的朋友們現在都在這裏，圍成一圈，好像眼前這十八個煩惱娃娃，那該多好。

　　或許因為這是柏克萊，使人幻想的地方。這世界仍然年輕，還未被貪婪和仇恨所敗壞；同時這世界已不再年輕，已經知道了貪婪和仇恨的問題。這不是虛偽的假裝無知，是知道同時存在的兩面。柏克萊是複雜的，在娃娃臉孔底下有一顆經歷幻滅的心。我上一次來柏克萊是甚麼時候？七九年的聖誕節？不，是八〇年暑假當我的朋友 C 和 C 夫婦遊學美國途經加州的時候，我們一起上柏克萊。我想帶他們看看過去花童聚集的地

方，走過電報街，看陳世驤先生以前辦公室所在的杜蘭大樓，去吃碗牛肉麵，或者到那爿希臘餐廳門前張望張望（正在切肉的老闆就會把一塊肉塞進你嘴裏），到可地聽丹尼絲‧里維托夫或者羅拔‧鄧肯唸詩，或者到樂器舖看看非洲和印度的古怪樂器，到柏克萊的博物館看展覽，看晚上的蘇聯電影節，或者三藩市默劇團的政治劇，或者踱進柏克萊，在圖書館看看，坐在外面跟人聊天。可是他們心不在焉，大家都好像很疲倦的樣子。轉角處的電影院正在放映《最後的華爾茲》，一齣 W 喜歡的電影。一些我仍然喜歡的人，例如鍾妮‧米曹。

我仍然喜歡鍾妮‧米曹。但我也知道朋友是轉變了。朋友夫婦一直沒有說清楚來還是不來。然後突然有一天打電報說甚麼時候到達洛杉磯機場，署名是 C.C.。C.C.？他們以為自己是歌迪亞嘉汀娜？W 後來說我們跑去洛杉磯接機其實是過分寵壞他們了。他們古古怪怪的，不知在搞甚麼鬼。在三藩市，他們一直在抱怨整天悶在車裏。我們的朋友仍然是娃娃，腦袋裏疑神疑鬼，要人安慰。他們在四川小館前面吵架，是在那時開始，我決定不做和事佬的。我明白事情已經跟過去不同了。

我是在怪我的朋友嗎？不，我不以為自己比他們好。我們自己，亦是不成熟的。

若果更成熟，或許就沉默，甚麼都不去說它了。或許有一日，我們會變成如此。像一扇有裂隙的古老的牆。但現在，我們仍然喜歡一個拒絕成長的城市。

若果時刻自問：這樣帶着三盒娃娃去探訪朋友，是不是一件幼稚的事，那就根本不去做了。若果時刻自問，寫及煩惱娃娃的旅程，是不是一件幼稚的事，那就根本不去寫了。

問題是，我們已經有了那樣的自覺，又仍然去做。我們已經不是娃娃，又仍然不願長大。許多事我們已經知道了，只是不願遵奉。我們寧願

顯得幼稚，不願假作深奧。對於裝腔作勢的事情，我們看穿外貌，笑破肚皮。但我們不喜歡冷嘲熱諷，我們的本性，對尖酸的東西覺得不對胃口。所以有時看來無知，在適當的情況下，也會又再相信一個陌生的聖誕老人。我們有時嚴肅，有時荒誕，有時麻木，有時溫柔。製造我們的料子，既有布也有鐵，我們既是這樣亦是那樣，我們是自相矛盾的。

製造我們的，是一個複雜的地方。不是在高度文明的西方科技世界。我們身上，仍然留着手工藝的粗糙痕跡。她的裙子脱了線，他的臂上有一個線頭，而每人背上，有一片白色的硬東西。我想那是一個沉重的包袱，揹着走遍天涯。我們情緒化，感情用事，我們處理事情拖泥帶水，不能斬釘截鐵，把一切拋棄。

我們遊離在外面，看到許多事物，但回來又啞口無言。紙臉上畫就的嘴巴，無法向一大片空白傾訴。我們因為一些無法言説的事情憂心，我們的頭髮脱落，不是因為不喜歡桃子的美味或是不看葛蒂莎的小説。我們遇到一些人事，令人心寒，我們高聲説話，然後逐漸低沉，或許終會沉默。

我們逐漸不喜歡爭辯。只有在真正可以信任的人們之間，我們緊挨着取暖，替彼此解決煩惱。

我們的旅程，經過三藩市，到達紐約，到達巴黎。每一處都有雨天。沒有雪。人們恐嚇我們説紐約會下雪。人們誤傳巴黎機場正下雪。結果都沒有。我們還遇上陽光。Y 説我們帶去了陽光。我們真好運氣。

我們離開加州，便聽到加州大風雪的消息；我們離開紐約，便聽到唐人街轟動的槍殺案；我們離開巴黎，便聽到塞納河水淹的新聞了。災禍其實一直在伸手可及的範圍，我們真好運氣。

W 的來信：「你們走了一個星期後，這兒便下雪了。知道嗎，你們在紐約那幾天，是自從一九一六年以來，紐約十二月最暖的紀錄。」

十二月，本來不是旅行的季節。我們本來也不肯定的。我們每個人

一定也有過倒運的旅程，不願向人提起的旅程。朋友也會改變的。有些地方改變得那麼可怕，以致令你永遠也不想再去。三位朋友我們也幾年沒見了。我們本來也不知會不會遇上雪，結果卻遇上陽光。

我們坐在柏克萊窗前，與煩惱娃娃一同眺望窗外的世界，聽着遠處隱約傳來的安第斯山的笛子音樂。

我們在紐約四十二街，仰首看摩天高樓。

我們在一所破爛的屋內，看精彩的一幕外百老匯戲劇。

在巴黎，萊比尼茲路（朋友 D 住所的所在）附近一所小旅館中，凌晨四時醒來並且想到把一些事記下來。

太陽還未出來，早晨有點冷。不知為甚麼與 D 和 Y 失去了聯絡。

我們會遇見他們嗎？我們帶來的煩惱娃娃，可以替她們解決各自不同的煩惱嗎？

窗外是朦朧的影子，我所寫的仍是模糊而未清晰的事物。現在有滿滿一大杯牛奶咖啡多好，暖暖的填滿我空空的肚子。

還有一兩個小時才天亮，讓我們以想像暖和自己，在空虛黑暗和寒冷中，給彼此說故事。其中自然有過去的經驗，分別了這麼久，你們還能聽見我嗎？

讓我們在敘事的時候，給予自己更大的自由。不要讓世故的成見拘束我們。如果你看見突然的跳躍和移換的觀點，如果你看見不連貫的背景和時序，你願意了解那是由於甚麼嗎？你是否認為十二個字以上的句子就是太長？你是否痛恨描寫，討厭下雨天，並且一旦迷路就別別嘴表示不耐煩？如果不是，如果你有耐性，你總可以聽見我的。從五色斑斕的事物走向內心的旅程是如此漫長。如果你願意，當我說我們的時候，其實就是包括你了。

一九八二年

# 【賞析】

## 令人煩惱的《煩惱娃娃的旅程》

有同學問我，有人說《煩惱娃娃的旅程》是一本「難讀」的小說，你同意嗎？「難」在甚麼地方？

坦白說，我覺得的確有點「難」，但難讀與否不是評價文學作品的標準，《煩惱娃娃的旅程》雖然難讀，但值得讀。至於「難」在甚麼方面，我想部分原因是我們用錯了方法讀。為甚麼這樣說？我們翻閱一本小說時，慣常希望讀到的是一個有完整結構（起承轉合），戲劇性情節，明確主題的作品，如果作品不符合我們的閱讀習慣，我們便會感到困惑、煩惱，而《煩惱娃娃的旅程》正是這樣的一個作品，所以使人覺得難讀。那怎麼辦？要多了解這本小說，且讓我們先聽聽也斯自己怎樣說：

> 它本身就像一個長篇的抒情散文，寫這小說時，很多內心的、思想性的東西摻進裏面。海外歸來、那是複雜的感受，思前想後，又在香港又在美國，想要找一個較大的形式去包容種種感受。小說發展下來、結果是有點奇怪的，情節不那麼重要了，戲劇不是外在而是內心的。每一章向不同的媒介探索，有畫有戲劇有電影的元素，寫片斷的感受。所以看來不像傳統的小說，不是我們習慣上西方那種完整、有頭有尾的小說，是混雜了思想感情理論回憶抒情描寫等。那時就是想找一個擴大的敘事方法，並非單線的敘事，能把思想和感情融合來寫。[1]

從上面這段說話，我們可以看到這篇小說的幾個主要特點：

1. 性質：這是一篇散文化的抒情小說；[2]
2. 情節：小說中的情節並不重要，戲劇是內在的；

3.  敘事：採用非單線敘事；

4.  內容：夾雜了思想、感情、理論、回憶、抒情、描寫等。

正因如此，如果我們執着於從傳統小說的敘事方式來找這個故事的情節，那自然會不得要領或甚至大失所望，反之，如果我們能放下習慣的秩序，進入作者的內心世界，隨着他的旅程，深入體會他的心理狀況，我們可能會有意料之外的得着。

那應該由哪裏開始？閱讀就如生活，毋須心急，不必煩惱，讓我們一步一步來，先讀讀〈煩惱娃娃〉這一章吧。作者在第一章〈回程〉中告訴我們，這本小說是「關於兩個人揹着沉重的行囊（裏面包括三盒十八個危地馬拉煩惱娃娃）去探訪三位舊朋友的一個旅程」。[3]〈煩惱娃娃〉（第二章）是旅程的正式開始，也交代了煩惱娃娃的由來。敘事者「我」一開始便告訴我們這是一九八二年十二月七日，凌晨四時巴黎蒙馬特萊比尼茲路附近的一所小旅館，他和 N 來巴黎找他們的朋友 Y，朋友沒有找到，他們在街頭四處逛蕩，想起在紐約見到的朋友（W）以及將在巴黎見到的另一位朋友（D）。他們的朋友，住在不同的地方，有不同的煩惱，他們拿着地圖尋尋覓覓，兜兜轉轉，找朋友，找出路，但總是迷路、遇雨，在不適合旅行的季節，不恰當的時間，走錯誤的路。旅程中，「我」漸漸有點猶豫，不肯定自己的記憶是否正確，懷疑自己帶着三盒娃娃去探訪朋友的做法是否太過幼稚。這種反覆踟躕，思前想後的感覺一直貫穿於整章中（以至全書）。這種情緒，一方面是敘事者在真實旅程中的感受，另一方面也反映了作者（以至他的同代人），身處外地，接觸不同文化，年過三十，面對人生轉折階段，反覆思考自省的心理狀態。

為甚麼要帶着煩惱娃娃上路呢？煩惱娃娃是六個危地馬拉的手工藝娃娃，是「我」在柏克萊領養回來的，它們身上帶着手工藝的粗糙痕跡，看來又小又脆弱，不過在印第安的傳說中，只要在睡覺前把煩惱告訴娃娃，

它便會替你解決煩惱，所以「我」希望借助煩惱娃娃的「神秘康復力量」，為朋友解決煩惱。敘事者自問：

> 我們帶來的煩惱娃娃，可以替她們解決各自不同的煩惱嗎？[4]

不知道。煩惱娃娃製作粗糙、質地脆弱、力量有限（每次只能應付一個煩惱，每日超過六個煩惱就應付不了），但縱然這樣，它們帶着純樸的善意、希望，盡力而為。這不也就是「我」嗎？敘事者「我」在描述煩惱娃娃時漸漸地將自己代入，有時，我們也搞不清「我」在說的是他自己還是煩惱娃娃了。

> 製造我們的，是一個複雜的地方。不是在高度文明的西方科技世界。我們身上，仍然留着手工藝的粗糙痕跡。她的裙子脫了線，他的臂上有一個線頭，而每人背上，有一片白色的硬東西。我想那是一個沉重的包袱，揹着走遍天涯。我們情緒化，感情用事，我們處理事情拖泥帶水，不能斬釘截鐵，把一切拋棄。
>
> 我們遊離在外面，看到許多事物，但回來又啞口無言。紙臉上畫就的嘴巴，無法向一大片空白傾訴。我們因為一些無法說的事情憂心，我們的頭髮脫落，不是因為不喜歡桃子的美味或是不看葛蒂莎的小說。我們遇到一些人事，令人心寒，我們高聲說話，然後逐漸低沉，或許終會沉默。
>
> 我們逐漸不喜歡爭辯。只有在真正可以信任的人們之間，我們緊挨着取暖，替彼此解決煩惱。[5]

雖然是帶點遲疑，有些焦慮，揹着沉重的包袱，但敘事者最終沒有選

擇沉默，他選擇了帶着娃娃，繼續旅程，他說：

> 若果時刻自問：這樣帶着三盒娃娃去探訪朋友，是不是一件幼稚的
> 事，那就根本不去做了。若果時刻自問，寫及煩惱娃娃的旅程，是不是一
> 件幼稚的事，那就根本不去寫了。[6]

就是這樣，「我」帶着煩惱娃娃走過一個又一個城市，空間的旅程，也是思想的旅程，文字的旅程，每一個不同的城市遇到的人和事，觸發了也斯不同的省思，真實的、虛構的、記憶的、現在的，紛至沓來，思潮泉湧，猶如漣漪般，不斷擴大，構成了這個作品。

讀畢這一章和以上的文字，你覺得怎樣？你知道也斯想說甚麼嗎？不要煩惱，也斯說過：「如果你有耐性，你總可以聽見我的。」你願意參與這次文字和思想的旅程嗎？

> 如果你願意，當我說我們的時候，其實就是包括你了。

你願意接受也斯的邀請嗎？

## 【注釋】

〔1〕 見黃勁輝、黃淑嫻的〈鍾愛電影的詩人小說家〉，收於陳素怡編《也斯作品評論集》，香港，香港文學評論出版社，二〇一一年，頁四十五。

〔2〕 也斯曾寫有〈中國現代抒情小說〉一文，收入一九八九年香港三聯書店出版的《梁秉鈞卷》中。

〔3〕　也斯：《煩惱娃娃的旅程》，香港，牛津大學出版社，二〇一四年，頁三。

〔4〕　也斯：《煩惱娃娃的旅程》，香港，牛津大學出版社，二〇一四年，頁二十一。

〔5〕　也斯：《煩惱娃娃的旅程》，香港，牛津大學出版社，二〇一四年，頁十九。

〔6〕　同上注。

# 附錄：《文學世紀》訪也斯

## 不欲教人仰首看

□：《文學世紀》雜誌

○：也斯

□：你是一個寫作的多面手，其中自己最喜歡的是哪一樣呢？

○：自己寫的東西，都喜歡的（笑）。但真要選的話，我會選詩。大概因為自己從小開始寫詩，一直沒有間斷，不管在香港還是在外國。寫詩也不一定要發表，有感觸便寫下來了。寫詩不需要太多時間，可以斷續改。不像長篇小說，要經過一番經營。我覺得詩最能表達自己的思想和感情。小說也喜歡的，但沒有太多時間寫。

□：你的詩中似乎看不到多少中國古典詩詞的影響？

○：也不能說沒有，比方我對詠物詩很感興趣，又如山水詩，早年《雷聲與蟬鳴》用古詩意象的方法來寫城市。後來的《游詩》則有更多敘事。以生活不同處境入詩，發覺不需拘泥於意象呈現，意象和敘事也

可結合，杜甫已做得很好了。「星垂平野闊，月湧大江流」是意象，「飄飄何所似，天地一沙鷗」何嘗不是敍說？意象和敍事，兩者一鬆一緊，不斷在我詩中交替出現。我對古典詩的興趣不在麗辭和典故，在結構和意境。我想問的是，如何才可以與古典文化有個現代對話？早年的〈樂海崖的月亮〉到近年的《博物館》、《聊齋》都是。

□：作為一個在香港成長的作家，你覺得用甚麼最能表達你對香港的感受呢？

○：這個問題很有趣。我寫過《香港文化》，也編過關於香港文化的文集，我想這是我最直接關於香港的討論了。但我其實也寫過電影劇本、小說和詩。因為我在香港長大，不同階段都有很多感受。一九九七年溫哥華香港文化節，叫我去演講，我不想從理論去講，便辦了個以食物為主題的詩與攝影展。我大概覺得創作比評論更能表達我的感受吧。談到香港，很難用一些簡單論點去綜合，香港人和文化的構成都很複雜，每種經驗都值得了解。從事創作避免「例牌」的答案，從具體際遇體會人情，探索概括理論漏去的人生處境。

□：你覺得你的小說怎麼樣？

○：我寫小說是畢業出來到報館工作才開始的，那時剛接觸到「真正」的社會，見到各種各樣複雜的人事關係，覺得跟理想世界不同，有寫小說的慾望。

詩寫意象和感覺，小說更生動具體地寫各種人物，於是就寫成了《剪紙》。那時我在《南華早報》工作，有中國和外國同事，不同文化形成了兩個不同圈子，《剪紙》從人物開始，大概不自覺地寫了香港文化身份的矛盾。《煩惱娃娃的旅程》寫的則是一羣香港藝術家往返海

外的心路歷程。《島和大陸》寫於八十年代後期，從香港小島目睹眾人如何來回於美國新大陸及開放之初中國這「舊大陸」。近期寫的《後殖民食物與愛情》，寫九七之後的香港人生活，感情與思想的轉變。我想我的小說喜歡看人物在不同文化處境的心理。

□：但我想有很多人也許更喜歡你的散文。

○：我寫散文，可說是一件「意外」。在我成長的那個年代，讀到的多是比較陳舊的散文。那時覺得散文近乎無病呻吟，有點抗拒寫散文。我最初寫的散文是一些影評和一些談文說藝的散文，先在易金編的《香港時報》文藝副刊不定期發表，後來七十年代初大學最後一年開始在劉以鬯先生《快報》副刊每日寫專欄，很辛苦也很愉快。我的年紀和經歷，都跟報上老一輩專欄作家不同，我喜歡逛街，便寫了一些街頭散文。當時台灣《幼獅文藝》舉辦一個散文大展，邀我寫，我寫一篇有關銅鑼灣附近老街的散文〈書與街道〉寄去，登出來後反應相當好，前輩認為很新鮮，可能跟當時一般寫法不同吧，他們因此鼓勵我出了一本散文集《灰鴿早晨的話》，還在台灣銷了十多版。

□：我這幾天看了你的《山光水影》，還有另外一些東西，覺得你早期的散文，感情很豐富，比較上現在你的感情少了或者收斂了，究竟是因為年紀大了人成熟了，還是刻意把感情「收」回來呢？

○：我有兩種散文，一種比較收斂，另一種比較自然，隨意寫出來。

□：最近還有寫感情豐富的那一類散文嗎？

○：有的，有時年紀大了，反而覺得可以放鬆一點，沒那麼拘謹，兩條線都有。我寫了很多旅行地方的經驗。但我最喜歡寫的還是人物，不一

定是大人物，有時候往往是小人物，通常是有感情才會寫，但感情並不是就這樣講出來，是經過留神觀察，細寫他們的動作、神情，忖想他們的背景，理解他們的行為。

□：有時你寫街頭所見的瑣事，或很小的物件，都可見到一份情意在裏頭。

○：情意是有的，但可能因為自己不太喜歡激情和濫情的東西，因此寫來給人一種較溫和的感覺。我寫的東西，通常都是有所感才寫，有時到名勝遊覽，如果自己沒有甚麼感覺，便不寫了。我會挑題材來寫，有時在一個地方待了一個月，只挑其中一些小事來寫。這選擇當然是感情上的，但我寫的時候，又不喜歡將感情掛在嘴邊，告訴人家怎樣怎樣，而是想通過氣氛的渲染，將自己的感覺寫出來。

□：你覺得你的散文有沒有階段性呢？

○：有的。可能早期的《灰鴿早晨的話》、《神話午餐》那些感情「隱」一點，實驗性強一點，我寫事物的時候可能用別人覺得比較「怪」的角度。

□：你所說的實驗性，也就是「怪」一點的角度，比如呢？

○：好像去寫一個賴床的孩子、寫春天與肥豬、描寫排隊的人羣、公共汽車上早晨的臉孔、一條船那樣的餐廳，我不會一進來就寫全景，而可能着眼一件十分小的事，以一個我感覺到的特殊角度去寫。正因不太「習慣」寫散文，因此那時寫的散文看來俗套少點，近詩多一點。

□：這是《山光水影》之前的事吧？

○：對，我想到了《山光水影》、《山水人物》更自然一點，我想那是因

為七十年代我寫了八年專欄，散文寫多了。那也是《書與城市》的階段，那個階段散文和談文說藝寫得比較自然點了。

□：《書與城市》是八十年代的。

○：對，部分寫在七十年代，部分寫在八十年代，是八十年代出版的。我想說的是專欄寫得比較多，有「死線」，有限制，未嘗不對我早年那種對藝術的執着有種調節作用。

有時信手寫來，反而覺得更得心應手。第一次嘗試結合散文的藝術與採訪報道手法去寫一個地方，是一九七六年寫台灣旅行，寫得很開心。寫的是七十年代相對樸素的台灣風土人情，比方那時還未出名的朱銘，我們隨着滿街亂放的木頭找到他家去。我問朱銘，這樣日曬雨淋，不怕木頭都壞掉嗎？他說要壞的就讓它壞掉算了，剩下來的才用來做藝術。我對散文藝術也有同感。我旅行見了很多東西，有很多也忘了，留下來印象特別深刻的再雕塑成形。除了藝術，我對藝術背後那個人、他的生活態度，也非常感興趣。所以把施叔青小說與鹿港、商禽與牛肉麵、七等生與通霄、楊英風與他設計的公園連起來寫。年輕記者似的我想去採訪了解更多，寫詩的我想注意文字和組織的藝術，專欄的限制令我不能太雕琢、要顧到讀者，最後就產生了這些比較自然又有點注意藝術的散文。

《城市筆記》選擇了較多都市感性的篇章，八十年代的《昆明的紅嘴鷗》則整本散文集集中地寫剛開放的內地山川人物。八十年代我開始在《信報》寫每周一次較長的文化評論專欄，其中有些結合散文與文化評論的嘗試，可見於後來的《越界書簡》，也有寫歐洲和美國，但不光是遊記，更多寫跨文化方面的東西。

□：現在你在報上寫的專欄文章，比起《山光水影》時代，是理性得多了，比較多涉及文化，也提出了更多的問題。

○：對，現在我正在寫一系列以德國為題材的東西，看人家的文化也反省自己的文化。但寫得太多了，朋友便會說我老在寫德國。同事許子東老對我說：「又在寫德國！」（笑），所以有時也回到人間寫一兩篇香港。

□：你現時還有沒有寫類似《山光水影》的東西？

○：有的，但因為現時寫德國的東西較多，而德國文化是個很大的題材，所以起初寫來有點拘謹，自己不很滿意，一直沒打算出書。不過最近開始覺得比較「順」了，我心中有題材打算寫幾篇長一點的，因為專欄字數限制，每篇只能寫九百字，所以有時一個地方一個人物要分三段寫，事實上我仍在嘗試，怎樣才能把德國的題材寫得深入又不太艱深呢？最近有一兩篇，比如寫波恩、慕尼黑等，自己覺得比較可以，可能在那裏找到一條新路。

□：你好像樣樣都在作新嘗試。

○：德國的歷史和文化都很「厚」，我在嘗試怎樣把這「深厚」寫出來而不寫得笨重。不像七十年代寫台灣、八十年代寫昆明、成都和上海時，旅途中有感覺，空閒中信筆寫下來了。旅行有許多感受未必寫，有些寫不出來，有時寫下來了，卻總覺得還未寫到點子上。難寫的地方比如東京，我寫過幾篇，但覺不容易，真是後現代，甚麼都有，眼花繚亂，要寫好實在很有挑戰性。寫地方好比畫家畫畫，畢加索、馬蒂斯、塞尚都畫過靜物，風格各有不同，畫得好的話是很有樂趣的。寫人物，如果能捕捉到神髓，是很有滿足感的，好像齊白石畫蝦或尊子的人像那樣。

□：我覺得在你早期的散文中，特別留意一些很瑣碎的事物，如人和物件，或是在大環境中一個小小的角落，有很多的細節。可是這些細節在你的小說中反而不大看到，你是否有一種主觀的規則，希望把小說和散文區分得清楚點，在小說中理念性比較強，而在散文中更多地抒發感情呢？因為你的小說一向不大重視情節，有時看來和散文近似，而散文有時又有情節和人物，你怎樣令人分辨得出你的小說和散文呢？

○：這是一個好問題，我覺得自己在這兩者之間寫作，有時覺得散文可以吸收小說的具體性，有時覺得在小說中加入一些散文成分也不錯。大家都認為小說應當緊湊和講究結構，但我覺得有些小說淡淡的、沒甚麼情節也相當好看，我自己喜歡的沈從文、汪曾祺、廢名都是走這條路。我喜歡一些沒那麼「緊張」的小說，我特別喜歡廢名那種初看沒甚麼，細味之下很有感受的小說。

□：有人說汪曾祺的小說看似信手拈來，但卻是苦心經營的。

○：難與汪老相比，只是仰慕而已。我喜歡他那種消化了技巧而不覺的境界。

□：你是否追求那種有經營而給人不覺經營的手法？

○：我不大喜歡起承轉合、一板一眼，或大時代史詩、甚麼三部曲，我們的生活實在沒那麼多戲劇性。我比較喜歡看法國電影，就是因為其中有很多生活細節，有時根本沒甚麼戲劇情節，只是幾個人在那裏聊天喝酒。當然這也不是隨便亂拍，毫無選擇，當中也有經營，但我想這種經營應當不是「苦吟」而成，而是人生經驗累積成的一種意境、一種心情。

□：這種境界和心情也是可以用散文來表現的。

○：對，我有時並不想刻意去區分兩者，我只是想表達一種「東西」，是小說還是散文，對我來說，其實並不重要。

□：你所追求的不是故事，也不是人生的意義，而只是一份感覺，一種氣氛、一種心情。

○：生活中感動我的，通常不是意外的戲劇事件，但我並不完全否定戲劇性。只是有時朋友聊天，也十分「過癮」，人與人的剎那共鳴，這種境界，散文可以敘述出來，但若要讀者也能進入那種狀態，那散文也得吸收一些小說元素，或者索性寫小說。如果我的散文有甚麼秘密的願望，那就是我最早寫散文，想寫一種「具體」的散文。對那些「講出來」的散文，比如寫「無盡的愛」、「秋天的憂鬱」、「寬大的胸懷」等，都不大喜歡，自己想對抽象的概念有具體的體會，想寫自己實在的體驗。六十年代末，我翻譯過一位波蘭作家尚·覺特（Jan Kott）的散文，很短，只有幾百來字，說作者生了病，有人介紹他吃蘆薈，他寫他怎樣每天切一片來吃，那蘆薈看來也似有生命。很簡單，但很鮮明，因為他說的是具體的事物，這往往比概括的觀念更令我感動，給予我更多想像空間，用不着一切都由作者來解釋來告訴你。因此我早期的散文多半是不愛解釋和議論的，不過到了後來，沒有這麼執着了，到了《山光水影》，有時偶爾也會「講一下」，但一定是先有具體的描寫，然後才是感受。

□：你的「具體」又不是一般的「立體描寫」，而是東一句西一句，而句子都是比較特別的，我覺得你的觀察力十分敏銳。

○：我是喜歡觀察，我喜歡繪畫又喜歡攝影。甚至可以說，在觀察的細心

方面我是十分「女性」的（笑），這方面可能是對我祖父那種「男權」的反叛。

□：這裏牽涉到小說和散文這兩種文學體裁的觀點，是值得深入探討的。

○：這方面我有過一些思考，一九八八年我發表過一篇論文〈中國現代抒情小說〉，就是想探討一些不重視戲劇情節，以意象烘托為主、抒寫心情和意境的小說，也就是吸收了詩或散文成分的小說。不過現在跟你們談散文是從創作經驗來談，我不想把它定為一種理論。有時創作的探索比理論的探索走得更遠。

□：你有一篇寫上海的散文，我一邊看一邊笑，我不知你在上海住了多久，但觀察的深入，使我這個在上海住了好幾年的人都吃驚。例如你說到那裏的雪糕、麵包和西瓜，那麼瑣碎的事物，但又那麼深入有趣。

○：再告訴你一個秘密，我在上海住了一個多月，只寫了這麼一篇散文。一九八七年的文化交流，後來王安憶寫了整本關於香港的小說，我可慚愧了！我走了許多路、跟許多人談天，我在想怎樣去寫那個地方，有個故事在腦子裏，十多年還未「足月」，最近可又蠢蠢欲動了。找到一種方法去寫一個不同的地方，是頗有樂趣的。

□：如以繪畫作比喻，我覺得一般人寫散文是傳統西洋畫的焦點透視，而你則是中國畫的散點透視。用電影術語，你是用搖鏡，在各種事物上掃過，也有些蒙太奇。

○：我用的大概是長鏡頭而不是蒙太奇吧，蒙太奇講對照，「朱門酒肉臭，路有凍死骨」。蒙太奇不是沒有，但還是用長鏡頭多些。如果短

些的鏡頭，還有時集中用一個凝鏡。創作時摸索「剪接」和結構也有樂趣的。比如寫「礁溪」，這原本是一個溫泉，黃春明的故鄉，後來成了風化區，怎樣寫呢？我在那裏住了一兩天，找到了一條線索去寫它，先寫聚了招呼客人的「姑娘」的水邊，然後溯水流而上，回到源頭水流純淨的瀑布，讓人看到溪水是如何從乾淨到污染的。

□：那個系列的散文寫得比較有重心，好像〈民謠〉，你就集中用民謠穿插。

○：對，因為那是不太長也不太短的散文，剛好可以用一列意象或聲音凝聚。有的文章較長，像寫上海那篇，便得一個鏡頭一個鏡頭組合，在剪接上就要多花功夫了。

□：早期你有一篇寫電車路的，把電車路的一切都「掃」進鏡頭中，而在寫上海時，你也是用這種手法，不過「掃」的範圍要大得多，從住的地方，到街頭小景，到上海大廈，到外國領事館，幾乎是鉅細無遺。

○：我是在找一個方法把這些素材組織起來，例如說我去看越劇《紅樓夢》，劇中唱到「妹妹的詩稿今何在？」時，我再接回上海的人事變遷。我在找一個較闊的骨架來把它們組織起來。

□：不過別人是有重點的組織，你卻是散的沒有重點的。

○：我用的是散點的組織。好像「點畫」般的效果吧。有時是拼貼。

□：你的散文中還有一點是很特別的，是你有幽默感在裏面。在香港，寫散文而有幽默感的人是不多的。你的幽默感通常在於特殊的角度，一件事情人人都是這麼看的，你卻從另一個角度去看，這樣子轉出了一份幽默感。好像寫景寫出一個小孩吃雪條，這都是我們通常不會想到

這麼寫的。這種幽默感是否跟你的個性有關呢？

○：我覺得散文是比較能表現自己個性的。

□：但談話中似乎感受不到你的幽默感。

○：（笑）是嗎？談久了，看會不會慢慢滲出來？

□：我覺得你的敘述語言非常動人。

○：我寫散文時，無論事物大小，都要經過自己的感覺。寫小說的人物我會代入去感受。

□：你是個感情豐富的人吧？

○：我是的（笑）。所以特別注意節制。

□：在一篇寫日本的散文中，你寫在一個寒冷的晚上，跑到一家小酒吧中，裏面坐滿了老人，你寫那些老人的神態非常生動，你是怎麼可以觀察得這麼深入的呢？是否有點想像的成分？

○：假如是寫小說，想像的成分會多一點，散文則通常是記述多一點，有時我就像畫素描一樣，坐在那裏寫眼前所見的東西。也有朋友笑說我早期的詩文是臨場的、過程的美學。

□：你是說當時一面跟那些老人談話，一面觀察，一面在心裏寫他們？

○：那時我的記性比現在好，有時候要趕稿，我經常一面跟別人談話，一面寫稿，就像畫家現場畫素描一般。

□：其實我覺得你的小說也是差不多這種風格，是否在你的小說和散文之

間，沒有那麼明顯的分界呢？

○：我覺得二者有分別的，但是分別又不是那麼重要。關係比較複雜，主
要是小說虛構成分多，結構更嚴謹（不管看來多寬鬆），而散文則基
本上紀實。小說裏的現實通常經過加工，〈和西撒莉一道吃中飯〉寫
得特別平淡，只是兩個人吃午餐，但其實有結構有人物，並互相映
照，各自歷經滄桑了。《島和大陸》寫幾人在美國、香港、深圳、內
地來回，有個人情愛變幻，亦有從香港看內地，從內地看香港。因為
寫內心，有點像抒情散文，但裏面不只一把聲音，有第一身敘述、又
有其他書信往還，有多角度和對位結構剪裁，實際上是小說。

□：在你的散文中，對人物的描寫很用心，人物都是觸摸得到的。但在你
的小說中，人物卻都像隱藏在背景後，是觸摸不到的。你是否同意在
小說中你的人物是比較單薄和次要的呢？

○：〈島和大陸〉這樣以抒情和內省為主的小說，人物外貌描寫的確欠
奉。但在傳統的〈第一天〉中不是，在《剪紙》中更不是，《剪紙》
中的兩個人物應該比較重要，她們的外貌和心理該可以觸摸得到吧？
我的人物寫得比較淡，但不喜歡以概念先行。我不忽略人物，只是有
時我想追求一種意境和感覺，一種抒情的狀態。

□：以你最近給《文學世紀》寫的那篇小說來說，那其實不是一個完整的
故事，而是一封封的電子郵件，你到底想表達一些甚麼？

○：這篇小說想寫溝通，其實小說裏面是有角色的，這些人物間有種種
不同的關係，工作的、朋友間的，有不同程度的隔膜、親密，有思
想上的交流，有誤解與距離，涉及了不同的感情與不同的交往，情
節的起伏是電郵的溝通與溝通不到的障礙，這是虛構的主角在網絡

上與不同的人溝通的故事，裏頭說的可能是微不足道的事，幾段若有若無的感情。

□：小說中的人物都是不具體的，有時把握不了你想要說甚麼？

○：人物在這篇小說中是淡淡的影子，可能寫法比較隱晦，其實我想寫的並不是理念，而是自己在用電郵通訊時的感覺和體驗。無論是冷冰冰的公事，或是親密的私事，都通過它來傳送，不同人有不同溝通。還有電郵這種媒介的特色，快速、跨時空、重送、誤遞、垃圾電郵、笑話文件等非個人化的閱讀，還有一旦通訊中斷，溝通也就沒有了。你不明白，可能是我寫得太含蓄寫得失敗了。並不是我有意含糊其辭（笑）。

□：以我們大家都喜歡的汪曾祺為例，他的人物可是寫得非常活靈活現的，他也是不太重視情節而以意境見長。但一個作家最重要的，是能和讀者溝通。你是否認為你的訊息，已經傳達給讀者了呢？

○：其實我也在嘗試，我想這嘗試沒有故弄玄虛的成分，我還是很想和讀者溝通的，只是我對一些細微的東西玩味得太深入，也許鑽入太深而不自知。我在小說上特別執着，散文跟讀者的溝通會好一點，或許有人會覺得我的角度有點怪，但相信沒人會說看不明白我的散文（笑）。小說方面我可能會固執一點，有時想實驗一下，變成對讀者「照顧」不周了。

〈布拉格的明信片〉寫一個中國商人到布拉格做生意，寄一張明信片回來給一個女孩子，明信片中我們看到女孩子託他到布拉格尋找一個玩具模型——「理想的中國園林」，但這個玩具在一九六八年以後已不再生產了，這明信片大概不難明白。

□：李歐梵看了之後也寫了一個續篇，好像續〈傾城之戀〉一樣。

○：對，有共鳴才有回應，〈柏林的電郵〉就沒甚麼回應了，直至最近余亦鯨文（笑）。有時我們寫作人十分執着，有了想法，就非得把它寫出來不可，就是失敗了，也一定要試一試。

□：你說你的散文十分隨意，但我們又可看出在散文中，你往往刻意放入一點特別的東西。

○：這是一種「拉扯」的過程，因為我的散文，很多是專欄文章，經常要趕「死線」。寫得快會寫得很「順」，但我又不想太「順」，所以其中有個自我「拉扯」的過程。這裏面永遠有個矛盾，若然寫得太用功刻意，就會趕不及交稿，但若是全不認真參詳，又過不了自己一關。初寫專欄，這種「拉扯」的情況經歷了差不多兩年，才算是找到一個平衡點。

□：可見你對自己的要求是很高的。

○：我不願意隨隨便便「交貨」，主要是不想「欺場」。

□：散文談得差不多了，現在談談你的文字吧。你的文字看來跟一般本地作家的風格有點不同，其中摻雜了一些台灣跟內地的影響，是怎樣形成的呢？

○：我相信我的中文來源很雜，包括小時候母親唸給我聽的中國古典詩詞，我從小會說四邑鄉下話，也學過說普通話，是粵語的擁護者，對閩語等方言也感興趣。學過無數外語沒一種學得好。總之我喜歡看書喜歡聽人說話，對文字比較敏感，基本上不喜歡「懶惰」的中文，即全是成語堆砌的文章。寫作時要有感覺的文字才用，當然我不排斥成

語，但一定要自有感覺或用得有新意，不是為了省功夫，更不想堆砌華麗文辭。

□：不知是不是你小時候「反傳統」的關係，我覺得你的文字受西方文化的影響遠比受中國傳統文化的影響大。

○：也不一定。有些作家寫作，看到甚麼，都要從古詩詞中尋找合適的字眼套用，我自己則喜歡寫自己實在的感受，不喜歡懶惰地照搬現成言語，不管那是古詩詞或是西方奧登詩句。我喜歡找自己的語言去形容眼前一杯酒的味道或一件衣服的顏色。

□：就是說，你把古文和西方的東西讀了以後，「化」了在自己的語言中。

○：化是重要的，我的詩也會有意無意化入了李白、蘇東坡或蒲松齡。初學寫作特別反對陳腔濫調，希望清滌了從零開始。日後才逐步調整。好像寫三蘇祠，我不介意與三蘇有詩文上的對話。我想重要的是，引用古詩要與自己的感覺契合，而不是強加的裝飾。

□：我覺得你的文章是屬於「平靜」的一類，幾乎完全沒有精緻耀眼的語句，是在平靜中讓人體悟的意味。

○：這可能與我的性格有關，所謂「文如其人」，我絕對寫不出像董橋那種文采斐然的文章。也寫不出張岱、胡蘭成那樣的文字。我的性格更不會寫徐志摩、郭沫若的詩了。

□：你寫鄭敏的那一篇，我至今難忘。

○：其實鄭敏那篇本來是寫成論文的，後來覺得我對這題材的感覺寫成散文更好，於是我選了一個角度，從鄭敏的聲音寫起。從前我是執着

的，現在是較放鬆了。近期的詩文，裏面有敘事也有意象，但會「調勻」一點，放鬆一點。我喜愛的，是在日常生活中體味到那份詩意，《山水人物》中有篇寫齊白石畫的文章，我引用了他的一句題畫詩：「不欲教人仰首看」，這也是我做人做文的態度。

□：齊白石有些話是十分精彩的，如他說：「作畫要在似與不似之間，太似則媚俗，不似為欺世。」

○：是的，實際上，寫文章也是貴乎「似與不似之間」，太多工筆，未必寫得出神韻來。但要寫得神似，仍必須有個底子。

□：你的專欄文章跟別人的有點不一樣，別人寫專欄多半是議論性的，但你的則以敘述為主，見到甚麼便寫甚麼。

○：因為專欄的篇幅只有幾百字，而議論需要較長篇幅，根本容納不下。我現在想做到的是：文章既能與讀者溝通，又有回味的餘地，又可以實驗自己想作的嘗試。

□：你跟其他媒介的藝術家有很多合作，你可能是香港作家中最「越界」的一位吧？

○：一九七三年我在《文林》工作，那是一本藝術雜誌，在那裏我認識了不少藝術界朋友。我對藝術向來感興趣。很奇怪，八十年代再回來，文學界對我的詩不大接受，反而現代藝術界和舞蹈界十分接受，和我也投契，大家在一起搞了不少合作，對美學的追求和對藝術的想法比較接近。我一向有攝影和錄像，因而很容易和視覺藝術家談得來，可以溝通不同的觀點，互相刺激了視野和思考。電影和攝影，對我的創作有一定影響。

□：究竟是攝影啟發了你的詩，還是你的詩影響了攝影？

○：我想兩者都有。例如我與梁家泰合作一組照片，是有了照片然後有詩，可說是詩與照片的對話，照片呈現的是影像，而詩卻可以是語言、心理和歷史的表達。有一張照片，故宮門外一個少女在等公共汽車，我的詩則聯想到歷史、時間的轉變、中國的現況。另一種情形，例如和李家昇合作，是有了詩再有影像。

有時候會一起做，互相對話交流。很多時候這些合作都像遊戲那樣開始，大家像聊天那樣你一句我一句，樂在其中，後來才有更多的思索。在溫哥華做「食事地域誌」詩與映像展覽，〈茄子〉一詩原受一位父母來自台灣的多倫多藝術家啟發，我和李家昇各自加進我們的經驗，結果展覽時另一位多倫多背景的外國朋友看了，說很有共鳴。我就是喜歡藝術之間這種層層呼應互相感染的經驗。


□：詩本身應該是讓讀者發揮想像力的，現在加入了影像，會不會反而限制了讀者的想像空間？

○：有這個可能，所以這類合作不是每次都成功的。我和李家昇比較熟，彼此的合作很多時不是「一對一」，不是我說蛋糕，他便畫一件蛋糕，而是一種對話。好像我寫〈蘇豪的早餐〉，寫到與移民紐約蘇豪區的畫家司徒強、卓有瑞夫婦一起吃早餐，吃的是牛奶和木瓜等，因而聯想到他們的童年。但李家昇的畫面在表面上卻與這故事完全無關，他用一本兒童課本，書中有一個小孩望着風雨交加的窗外，上面寫着「我在家，我不怕。」另一個層次又有些美國和香港的東西，跟我的詩並沒有直接關係，並不是一種說明，更像一種對話。我的目的不在於做插圖或圖片說明。一九八七年上海詩畫展，一位年輕詩人上前對我說「詩是最崇高的藝術，是不需要與其他藝術合作的」。不過

我沒有這麼執着，最重要的還是溝通。有時候你創作了甚麼，別人回應，你又再回應，這溝通過程就非常有趣。

□：當年港台的《小說家族》第一輯便是這樣，把小說編成電視劇，跟原著根本是南轅北轍，但有時卻又令人有驚喜之處。

○：這都得歸功於當年那批導演羅卓瑤、黃志、王璐德等人的才華。有時作者所想，並不是唯一解釋。你創作了一件藝術品，當然也想與人溝通，別人的看法未嘗沒有意思。

□：你有一句口頭禪：「有趣」，「這樣很有趣，那樣很有趣，最緊要有趣」。

○：是啊，「最緊要過癮」嘛。

□：似乎你寫母親的、寫自己家庭的作品不是很多，寫兒女的更少。

○：有，《山水人物》中也有不少寫到我兒子，不過用的不是一般溫馨的寫法。如我寫他小時候第一次看到含羞草，還有他第一次在公園裏跑，見到自己的影子會害怕。我的寫法沒有過度煽情。我並不排斥溫情，只是沒有經常把「愛」掛在嘴邊，我不想太濫情。大概因為我一開始已是個現代派，現代派最看不起哭哭啼啼那一套。現代文學不是沒有感情，而是不會直接把感情「講」出來，看海明威便知道了。寫感受喜歡用動作而不喜歡用形容詞。我不喜歡矯情和誇張。好像對學生，老是形容自己多麼有愛心多麼苦，倒不如多跟他們談兩句，多花點時間看看他們的習作，他們得益更大。

□：是否會在作品中把自己的感情過度壓抑呢？

○：開頭的時候會喜歡隱藏自己感情，後來漸漸隨意一點。

□：但有一些好的小說是可以使人淚下的。

○：我不反對小說使人下淚，我只是不會去「榨」別人的眼淚。如汪曾祺，我看他的《大淖記事》也很感動，我當然不反對使人感動的文學，我只是反對一些「假招」。正因為我尊重感情，所以反對利用感情來作為調味品。年青時是有點故意壓抑，主要是不想含蓄精緻的感情變成鄙俗的裝飾。

□：這與一般人剛好相反，一般人多數是年青時較為激情狂放，長大了以後才慢慢收斂。而你卻是年青時壓抑，年紀大了反而較為隨意。

○：年輕時討厭當代散文小說，覺得其中一些感情泛濫、十分肉麻，以致心生抗拒。大概年輕時較偏激、有點潔癖，人長大了，對人情世故理解多了，對別人對自己寬容點。

□：你對張愛玲似乎也做過不少研究？

○：我很早便看張愛玲，大概還在唸初中，那時不知道張愛玲是誰，當時也有看魯迅、老舍和巴金，老舍也喜歡，但覺得張愛玲作品的感覺最現代，反反覆覆地看，看得相當熟了。她對文字的認真給我很深印象，不過我自己寫文章的時候，個性不同，並沒有模仿她的風格。我敬佩她對文字十分尊重，絕對不會苟且。張愛玲寫事物與看人的角度完全不會人云亦云，她往往自有一種「翻案」的觀點，把一般人的既定觀點完全推翻過來。在現代作家中，在文字方面，她是最有操守和堅持的。

原刊於《文學世紀》，第六期（二〇〇〇年九月），舒非整理

# 後記

　　快要完成最後一篇賞析時，以為「任務」即將完成，孝聰告訴我這套叢書每一本在體例上都應有一篇〈前言〉，我們得想想該怎樣寫。徬徨之際，未及一天，孝聰告知我已寫好〈前言〉，立時放下心頭大石。但可能本書是合編的關係，兩人佔的分量合該平等，應來個首尾呼應，孝聰提議不如多加一篇〈後記〉，那就「捨我其誰」了。

　　然而，要寫的都給孝聰在〈前言〉中寫盡了。我在〈後記〉裏再寫些甚麼，可能真是狗尾續貂，印出來徒費油墨紙張，那就少寫一點為妙。

　　寫賞析前，我重閱也斯的文章和相關資料、評論多遍，彷彿又喚起四十多年前和也斯在一起時的歲月。讀書會，編《大拇指》，看電影，旅行，生活營，露營。登打士街小藍的家，民新街也斯的家，荃灣馬老大的家、大嶼山，馬灣，西貢，吉澳……寫的時候，好些片段如重看老舊的電影，在銀幕上一一浮現。特別是寫散文賞析時，好些人物，彷彿就在身邊重現，那感覺是微妙的，也是美好的。例如寫〈吉澳的雲〉的賞析時，自己正是和也斯一起到這個離島去的人之一，想不到他就寫出這樣出色的一篇散文來；如寫〈賴床〉的賞析時，活脫脫就是我們認識的孩提時代的以文（也斯的兒子），在夢與醒的邊緣之間掙扎；在修訂〈母親〉一篇的賞析時，傳來伯母辭世的消息，哀傷之餘，想起伯母悉心佈置家中亮麗的花卉與盆栽，覺得選集中選了這篇散文，就饒有意義。

　　謝謝孝聰的推薦、吳煦斌的邀請，讓我有幸參與這本書的編寫工作。本書之能夠出版，也算是我們獻給伯母和也斯兩母子的小小禮物吧。

凌冰